君の話をきかせてアーメル

ニキ・コーンウェル 作
渋谷弘子 訳
中山成子 絵

文研出版

もくじ

SCHOOL

はじめに

『君の話をきかせてアーメル』は『お話きかせてクリストフ』の続編《ぞくへん》として書かれました。
『お話きかせてクリストフ』を読んだことのない人のために、あらすじを紹介《しょうかい》します。

クリストフはアフリカにあるルワンダという国で、お父さん、お母さん、まだ赤《あか》ん坊《ぼう》の弟マシューといっしょに暮らしていました。お父さんは医者をしていました。ある日、刃物《はもの》を持った男たちが家に来て、お父さんを連れていってしまいます。数日後には兵士がおそってきました。お父さんが男たちの言うことをきかなかったからだと考えたお母さんは命の危険《きけん》を感じ、クリストフとマシューを連れて逃《に》げます。しかし、とちゅうでクリストフもマシューも銃《じゅう》で撃《う》たれ、マシューは死んでしまいました。ルワンダでは、内戦といって、同じ国の人同士が戦っていたのです。

クリストフとお母さんは、山間地で放牧をしながら暮らすババ（お母さんのお父さん）のもとに逃げのびます。ババはお話の名人で、お話は本の中にとじこめてはいけないとクリストフに教えてくれました。

やがてクリストフとお母さんはお父さんと再会《さいかい》することができ、ルワンダから脱出《だっしゅつ》することを決意します。バビは足が不自由なため、ルワンダに残りました。クリストフ一家はイギリスにわたり、難民《なんみん》として保護《ほご》を求めます。

クリストフはイギリスの学校に通い始めますが、いじめにあいます。なぜいじめられるのかと問うクリストフに、お父さんは、「人間の価値《かち》はみな同じだということをわかっていない人がいるからだ。攻撃《こうげき》されたら、戦うか逃げるかしか道はない。」と、答えます。

担任のフィンチ先生はクリストフに毎日英語の本を読ませますが、バビのことばを信じているクリストフにはそれが耐《た》えられません。

クリストフは体の傷《きず》を友だちに見られたことをきっかけに、ルワンダでの自分の経験《けいけん》をクラスの友だちに話してきかせます。友だちは、クリストフの話が上手なことにも、話の内容にもびっくりします。フィンチ先生はクリストフの話を書きとめ、それを全校の子どもたちや先生にも読んできかせました。

さらにフィンチ先生は、クリストフの話を本にすることを提案《ていあん》します。本にすれば、クリストフの話を直接《ちょくせつ》きくことのできない人も、クリストフの経験したことを知ることができるからです。そうして、クリストフの話は本になりました。

コンゴ民主共和国の歴史

1908年 ベルギー領《りょう》となる。

1960年 ベルギーより独立、コンゴ共和国となる。

1967年 コンゴ民主共和国に国名変更《へんこう》。

1971年 ザイール共和国に国名変更。

1996年 ツチ系集団の反政府勢力《せいりょく》の武装蜂起《ぶそうほうき》、他の反政府勢力が合流。コンゴ民主解放勢力同盟《みんしゅかいほうせいりょくどうめい》（ＡＦＤＬ）結成。ルワンダやウガンダなどの国も介入《かいにゅう》し第一次コンゴ戦争となる。

1997年 ローラン・デジレ・カビラ大統領就任《だいとうりょうしゅうにん》、モブツ大統領国外逃亡《とうぼう》。国名をコンゴ民主共和国に変更。

1998年 第二次コンゴ戦争。国内の反政府勢力と、周辺国を巻き込んだ戦争となる。

2002年 プレトリア包括合意《ほうかつごうい》。国内の各勢力が参加し、停戦《ていせん》に合意する。暫定政権《ざんていせいけん》成立。

ルワンダの歴史

1890年 ドイツ保護領《ほごりょう》となる。

1916年 ベルギーが侵攻《しんこう》。

1949年 ルワンダ、ブルンジがベルギーの信託統治領《しんたくとうちりょう》となる。

1962年 ベルギーより独立する。

1990年 ルワンダ愛国戦線《あいこくせんせん》（ＲＰＦ）による北部侵攻。

1993年 アルーシャ和平《わへい》合意。戦闘《せんとう》は一時中断される。

1994年 4月、ハビヤリマナ大統領暗殺事件発生をきっかけに「ルワンダ大虐殺《だいぎゃくさつ》」発生。（〜1994年6月）

7月、ルワンダ愛国戦線（ＲＰＦ）が全土を完全制圧《せいあつ》、新政権樹立《じゅりつ》。内戦が終わる。

2000年 ベルギーのフェルホフスタット首相《しゅしょう》が、ルワンダ大虐殺について「ベルギーに責任がある」として謝罪《しゃざい》。

2005年 12月、憲法《けんぽう》国民投票の実施《じっし》。

2006年 2月、新憲法公布《こうふ》。

異文化《いぶんか》の人たちを自分たちの社会にあたたかく迎《むか》え入れる
すべての人たちにこの本をささげます。

君の話をきかせてアーメル

ニキ・コーンウェル 作
渋谷弘子 訳
中山成子 絵

転校生

教室のドアが開いて、学年主任《しゅにん》のトンプソン先生が入ってきた。クリストフは顔を上げた。見ると、トンプソン先生のあとから、がっしりした体つきの男の子がひとり、教室に入ってくる。肩《かた》は大きく盛《も》り上がり、手はごつごつしていて傷《きず》だらけだ。その子はこわい顔でクラスの子どもたちをにらみつけた。そして、一瞬《いっしゅん》、クリストフを見ると、目をふせた。

「あいつとはけんかしたくないな！」コンが言った。

クリストフはなんだか不安になった。トンプソン先生は担任《たんにん》のナギ先生と少しことばをかわすと、転校生を残して教室を出ていった。

「転校生のアーメルです。」ナギ先生が紹介《しょうかい》した。「アーメルはコンゴ民主共和国からやってきました。コンゴ民主共和国はアフリカの国です。コン、お願い、そっちの空いている席に移《うつ》ってもらえない？　アーメルをクリストフのとなりにすわらせたいの。ふたりともフランス語が話せるから。」

コンはうつむいた。でも、ナギ先生に言われるまま、教科書をまとめ、空いている机《つくえ》に移った。いやになっちゃうなとクリストフは思った。こんな目つきの悪い、むっつりした子のとなりにいなきゃいけないなんて、まっぴらだ。

アーメルは足をひきずるように歩いてきた。そして、クリストフのとなりにすわると、自分を見つめている子どもたちをひとりひとり順《じゅん》ににらみ返した。まるで、子どもたちの好奇《こうき》のまなざしを追いはらおうとしているみたいだ。それから、腕組《うでぐ》みをして、今度は机をにらんだ。

「クリストフ、アーメルの力になってね。お願いよ。」ナギ先生はにっこりした。

「アーメルはまだ英語が話せないの。でも、すぐに話せるようになるわ。」

クリストフはくちびるをかんで、落ちこんだ気持ちをふりはらおうとした。四年前、ルワンダからはるばるイギリスに来て、学校に通い始めた日のことを忘《わす》れたわけじゃない。あのときほど心細い思いをしたことはない。だれかに声をかけてもらいたくて、校庭を歩きまわっていたっけ。ようやくサッカーにさそってもらえたときのうれしかったこと。それ以来あまりびくびくしなくてもすむようになった。アーメルもきっと心細いにちがいない。ナギ先生はアーメルのことを思って、ぼくのとなりにすわらせたんだ。先生は一生懸命《いっしょうけんめい》、アーメルを助けようとしているんだ。

クリストフはアーメルに、ナギ先生のことばをフランス語で伝えた。

「ぼくはクリストフっていうんだ。先生は君に、ぼくから離《はな》れないようにって言ってる。迷子《まいご》にならないようにね。」

アーメルはだまって肩《かた》をすくめた。それ以外なんの反応《はんのう》もなく、クリストフの言ったことが伝わったのかどうかまったくわからない。アーメルは下を向いたままだ。

「ありがとう、クリストフ。」ナギ先生はやけに明るくクリストフに言うと、教室の前にもどり、手をたたいた。「さあ、みなさん、こちらに注目してください！」

授業《じゅぎょう》が始まった。授業中、クリストフはちらっと横目でアーメルを見た。アーメルは、クリストフほど背《せ》は高くないが、クリストフより肌《はだ》の色が黒く、もっとずっとがっちりしている。制服を着ていないので、クラスのだれよりもおとなっぽく見える。アーメルのすわり方も、背中を丸めて顔をしかめているところも、とにかくどこをとっても、学校なんか大っきらい、こんなところまっぴらだと言ってるように見える。

コンがクリストフを見て、「ついてないね、あんな子をおしつけられるなんて」とでもいうように苦笑いをした。クリストフも、「まったくさ」というように、顔をしかめてみせた。

ついてない一日はそんなふうに始まった。アーメルはクリストフがなにを言っても、ひとこともしゃべらず、こわい顔をしている。休み時間になると、アーメルはぶすっとしたまま、しぶしぶクリストフのあとについて校庭に出た。コンはしばらくいっしょにいたが、アーメルがとりつく島もないほどこわい顔をしているので、どこかへ行ってしまった。

クリストフは置いてきぼりにされて、やけっぱちになった。いっそのこと校庭にぽっかり穴《あな》でも開いて、アーメルが落っこちてくれたらいいのに。クリストフは知らず知らずのうちに、シャツの下に手を入れて、わきばらにある傷《きず》あとをさわっていた。不安を感じて心を落ちつけたいときにはいつもこうしている。

傷《きず》あとをさわると、小学校の校庭でころんだ日のことを思い出した。あのとき、ぼくは痛《いた》くて息ができなかった。そしたらグレッグがシャツを持ち上げて、ぼくの傷あとを見た。ほかの子もみんな目を丸くして見つめた！　そして、「これ、なに？」「どうしてこんなことになったの？」と口々にさけんだ！

あのときのぼくは、今のアーメルみたいに、こわい顔をしてみんなをにらみつけていた。

ぼくはみんなをおしのけてしまいたかった。傷あとをもうそれ以上見せたくなかった。でも、ルワンダで経験《けいけん》したおそろしいことや、銃《じゅう》で撃《う》たれたときのことを、なんとかみんなに話すことができた。みんな、ぼくの話をききたがって、えさをほしがる犬みたいにぼくのまわりにむらがってきた。それに、ぼくも全部話してしまいたいと思った。話したら、気持ちがすーっと落ち着いた。

アーメルにも話したくないことがあるんだ。ひょっとしたら、傷あとをかくしているのかもしれない。

でも、アーメルは今にも爆発《ばくはつ》しそうな爆弾《ばくだん》みたいだ。質問《しつもん》なんかしたら、どうなるかわからない。話すのは、先生のことや学校のことだけにしよう。でも、アーメルはつまらなそうに顔をしかめて、塀《へい》によりかかっているばかりだ。クリストフが必死にことばをさがしているうちに、とうとう休み時間の終わるベルが鳴ってしまった。

「置いてきぼりにしたね。」教室に入りながら、クリストフはコンに文句を言った。「どうしていっしょにいてくれなかったの？」

コンは両手を広げ、肩《かた》をすくめた。

「むりだよ、あいつと話をするなんて！」

「ぼくだって同じだよ。」クリストフは頭に来ていた。

「そうだ、ヒッチがトランプを持ってきたかもしれない。昼休みにしようと思って。ぼく、きいてみるよ。」コンが言った。

昼休みになると、クリストフは校庭に出た。アーメルが影《かげ》のようにだまってついてくる。コンとヒッチが校庭の車止めのところで待っていた。車止めのポールはてっぺんが平らになっていてトランプができる。ヒッチがクリストフとアーメルにトランプをふって見せながら、「トランプする？」ときいた。

アーメルは首を横にふった。クリストフは、おぼれかかった人がせっかく投げられたロープをひったくられたみたいな気持ちになった。一瞬《いっしゅん》、怒《いか》りがこみ上げてきて、もうたくさんだと思った。ぼくは精《せい》いっぱいやったんだ。「じゃあ、見てればいいだろ！」クリストフは肩《かた》をすくめた。

コンがトランプを切り、ヒッチが配って、ゲームが始まった。校庭では子どもたちがせまい教室での授業《じゅぎょう》から解放《かいほう》されて、大声をあげたり、取っ組み合

いをしたりしている。クリストフたちはあたりがどんなにうるさくても気にもとめずにトランプに夢中《むちゅう》になった。クリストフはもう少しで勝ちそうだった。いいカードを持っていて、有利にゲームを進めていたのだ。でも、最後の最後に、ヒッチに勝ちをさらわれた。

ベルが鳴った。みんなであわててトランプをまとめると、ヒッチがそれをポケットにしまった。そのときになってはじめて、クリストフはアーメルのことを思い出し、あたりを見まわして、心配になった。

「アーメルがいない。」

「トイレに行ったんじゃない？」コンが言った。

「ぼくはアーメルの世話係なんだ！」

「赤《あか》ん坊《ぼう》じゃないんだぜ、自分のことくらい自分でできるさ。」ヒッチが言った。

「さあ、行こう。遅《おく》れたら、ナギ先生にしかられちゃう。」

クリストフはヒッチについて教室にもどった。でも、アーメルのことが心配でたまらない。いったいどこに行っちゃったんだろう。ああ、やっぱりアーメルは教室にもどっていない。クリストフの心はどんどん重く沈《しず》んでいった。

「アーメルはどこ？」ナギ先生が心配そうにきいた。

「ぼくたちがトランプしてるのを見てたんです。でも、気づくといなくなっていて、どこに行ったかわからないんです。」クリストフは答えた。

ナギ先生はくちびるをぎゅっと結んだ。「アーメルの世話をお願いしたはずよ、クリストフ。アーメルがいなくなったことを事務室《じむしつ》に知らせなきゃ。クリストフ、あなたの仕事よ。次の授業《じゅぎょう》に行くのはそれから。さあ、みなさん、教室を移動《いどう》して。一年生が入ってこられませんよ。」

クリストフは事務の人に事情《じじょう》を話し、歴史の先生に遅刻《ちこく》した理由を説明するうちに、はずかしさで顔がほてってきた。

アーメルはこの日、学校にもどってくることはなかった。

「君のせいじゃないよ、クリストフ。」いっしょに下校しながら、コンがなぐさめてくれた。

「いや、ぼくのせいだ。」クリストフはしょんぼり答えた。

「よっていく？」コンがきいた。

「うん、もちろん。」

クリストフとコンは中学校に入ったときから、ずっと仲よしだ。クリストフは帰り道にあるコンの家にときどきよって帰る。コンは小柄《こがら》で細くて、やさしくて愉快《ゆかい》だ。コンには義務教育《ぎむきょういく》を終えたばかりのキャサリンという十六歳《さい》のお姉さんがいる。それにデクランとキーランという双子《ふたご》の弟もいる。コンの家はぬくもりに満ちている。家の中はいつもにぎやかで、あちこちにいろんなものがちらかっている。テレビがいつもついているけど、見ている人はだれもいない。母親のディアドリーは小柄《こがら》で親切だけど、常にはりつめた気持ちでいる。ディアドリーはいつもパンを焼いている。双子はけんかをしたり、どなり合ったりしながら、家じゅうを走りまわっている。キャサリンはなんでもお見通しといった緑色の目でみんなの様子を見ながらすわっている。クリストフはキャサリンにうっとり見とれてしまうこともあれば、びっくりすることもある。だって、なにをきいてもちゃんと答えてくれるんだもの。

コンとクリストフがキッチンのテーブルにすわったとたんに、双子がかけこんできた。

「よくもこわしたな！」

「こわしてないよ！」

「こわしたじゃないか！」

ディアドリーがうんざりしたように言った。「ふたりとも、けんかはやめなさい！」

「キーランが始めたんだ！」

「ぼくじゃないってば！」

「うそつき！」

「うそつきじゃない！」

キャサリンは片方《かたほう》の腕《うで》を伸《の》ばして、デクランをつかまえた。

「お母さんの言うこと、きこえないの！　静かにしなさい！」

その間にキーランはキッチンから走り去った。

「放せ！」デクランがさけんだ。「やつをつかまえるんだ！」

「だったら、さっさと行けばいいでしょ。」キャサリンはデクランを放した。

「死ぬまでけんかしてなさい、ふたりとも。わたしの知ったこっちゃないわ。」

「あの子たちったら、まったくプロテスタントとカトリックほど、仲が悪いんだから。けんかばかりして。ここは北アイルランド*じゃないっていうのに。父親さえいてくれたら、ふたりともこうはならなかったでしょうに。」ディアドリーがぼやいた。

「そうかしら？」キャサリンは笑いながら言って、すらりとした体をすっといすからうかせた。「宿題しなきゃ。」

「宿題？　もう卒業したんじゃなかったの？」クリストフがきいた。

「美容室で働きながら、週に二日、専門《せんもん》学校に通ってるの。成功したいと思ったら、勉強を続けなきゃ。」

キャサリンはにっこり笑ってキッチンを出た。クリストフは、出てきた太陽がすぐに消えてしまったような気持ちになった。

「学校はどうだった？」お母さんのムビカがクリストフにきいた。

「別に。お父さんはいつ帰る？」

「もうじき。診察《しんさつ》がおそくまでかからなければね。」

お父さんのアンドレは今、地元の病院で医師《いし》として働いている。ルワンダにいたころは、専門医として病院で働いていた。だが、保護《ほご》を求めて一家でイギリスにのがれて来てすぐのころは、アンドレもムビカも仕事につくことができなかった。さまざまな理由で自分の国をのがれたり、追われたりしてきた人たちは、たどり着いた国で難民申請《なんみんしんせい》をして、審査《しんさ》に通ってはじめて難民として認《みと》められ、その国に受け入れられる。それまでは仕事をすることができない。イギリスに来てから三年たってようやく一家は難民として認められ、アンドレは

＊イギリス（「グレートブリテンおよび北アイルランド連合王国」）はイングランド、スコットランド、ウェールズ、北アイルランドの四つの国からできている。北アイルランドでは、イギリスからの分離《ぶんり》を求めるカトリック系住民と、イギリスに留《とど》まりたいプロテスタント系住民のあいだで、長年にわたって紛争《ふんそう》が続いてきた。

すぐに仕事を見つけることができた。

リビングでは、イギリスに来てから生まれた妹のアリーシャがぬり絵をしていた。アリーシャはちょっと顔を上げると、「色をぬってるの。」と言った。「どうして？」クリストフはきいた。「どうして？」はアリーシャのお気に入りのことばだったので、クリストフは妹をかまったのだ。

「だって、ぬりたいんだもん。」

クリストフはソファに深く腰《こし》を下ろし、耳をこらした。部屋は静まりかえっている。静けさを破《やぶ》るのはアリーシャの色鉛筆《いろえんぴつ》の音だけだ。コンの家とは大ちがいだ。コンの家では、人も動物も、そのまわりにあるものもすべて雑然《ざつぜん》としていて、考えごとなんてとてもむりだ。クリストフの住むアパートはなにもかもきれいに片《かた》づいていて、きちんとそれぞれの場所におさまっている。お父さんにもお母さんにも、アリーシャにもクリストフにも自分の場所がちゃんとあって、クリストフは静かに考えごとに集中できる。あの転校生はなにが気に入らないんだろう？　いったいなんであんな態度《たいど》をとるんだろう？

お父さんが帰ってきた。クリストフはナギ先生にアーメルの世話をたのまれたと両親に話した。

「ナギ先生はアーメルをぼくのとなりにすわらせたんだ。アーメルが英語を話せないからって。ぼくが世話をする係だったんだ。でも、アーメルったら学校から出ていったまま、もどってこなくて、見つけることができなかった。」

「いじめられたりしてなきゃいいけど。」お母さんが言った。

「いじめられるような子じゃないよ。」

「どこの国から来たんだい？」お父さんがきいた。

「コンゴ民主共和国だよ。」

「じゃあ、難民《なんみん》として認《みと》められるのを待っているんだろう。かわいそうに、まだだれにも言えずにいる話でもあるんだろう。」お父さんはため息をついた。

ムビカが顔をしかめた。「きかないほうがいい話もあるわね。」

「どうして？」アリーシャがきいた。

「ろくな話じゃないからよ。」

「どうして？」

「きけば悲しくなるような話だからよ。」

「白雪姫《しらゆきひめ》の話は悲しくなるけど、そのあとまたうれしくなるよ。」アリーシャが言った。

「さあ、そろそろ寝《ね》る時間ですよ。」

「あら、ずいぶん早かったのね！」アーメルの母親、クワエラはびっくりして、フランス語できいた。「いったいどうしてこんなに早く帰ってきたの？　なにがあったの？」

「とちゅうで抜《ぬ》け出してきた。」アーメルは顔をしかめた。

「どうして？」

「イニェンジのとなりにすわらされたからさ！」

クワエラは息をのんだ。「どうしてイニェンジってわかったの？」

「見ただけでわかるさ。」

クワエラは腰《こし》を下ろした。顔はみるみる青ざめていく。「なにをされたの？」

「なにも。手出しなんかさせるもんか。」

「近づくんじゃないよ。」クワエラはぴしゃりと言った。

アーメルの心にむらむらと怒《いか》りがこみ上げてきた。

「なんで学校になんか行かなきゃならないんだ？　もうそんな年じゃないのに。イギリスに来る前は一人前の男として仕事をしてたんだ。そうだろう？」

クワエラは声をおし殺して泣いた。そして、自分の部屋にかけこむと、ドアをばたんと閉《し》めた。

アーメルは自分の部屋に走り、ベッドに体を投げ出した。母さんはいつもこうだ。母さんがばたんとドアを閉めたとたん、おれはなにも言えなくなる。おれの心には過去《かこ》にあったおそろしいできごとが今も消えずに残っている。いったん飲みこんだくさった肉が消化されずに腹《はら》にたまっているみたいだ。過去のできごとをだれかに話しちまいたい！　ああ、胸《むね》が苦しい。アーメルはまくらをげんこつでなぐりつけ、壁《かべ》をどんどんたたいた。でも、なにをしても心の痛《いた》みを消すことはできなかった。

翌日《よくじつ》、アーメルが学校を休むと、クリストフはほっとして、ため息をついた。

コンが先生に、「またクリストフのとなりにすわってもいいですか?」ときいたけど、先生は許《ゆる》してくれなかった。クリストフとコンは、やれやれと顔を見合わせた。

「ってことは、あいつがまた来るってことだ。」クリストフは暗い気持ちになった。

「ついてないね!」コンが同情《どうじょう》した。

学校にもどったアーメル

二日後、アーメルはクワエラと学年主任《しゅにん》の先生の部屋の前で待っていた。アーメルの心は重く沈《しず》んでいた。

アーメルが学校を抜《ぬ》け出した翌日《よくじつ》、男の人がふたり、アーメルの住むアパートをたずねてきた。ひとりは先生、もうひとりは通訳《つうやく》だった。先生も通訳もフランス語で話をした。ふたりのことばをきいていると、クワエラもアーメルも武器《ぶき》でおどされているような気持ちになった。まるで上空を旋回《せんかい》するハゲワシにねらわれているようではないか。クワエラはおびえ、ふるえていた。アーメルはふたりをなぐってやりたかった。でも、そんなことをしたってどうなるっていうんだ。アーメルは怒《いか》りを爆発《ばくはつ》させないために、手をおしりでおさえつけてすわっていた。やがてクワエラは「あすの朝、ふたりそろって学年主任の先生にお目にかかりに行きます。」と約束した。

先生と通訳の男性《だんせい》が帰ると、クワエラはぷりぷりしながら言った。「わかった？　おまえが学校に行かないと、悪者にされちゃうのはわたしなんだよ。イギリスじゃ、そういう決まりなんだ。」

「ばかばかしいったらありゃしない。」アーメルはぶすっと言った。

「ばかばかしくたってなんだって、おまえは学校に行かなきゃならないんだ。」

「おれはもうガキじゃねえ。今までずっと一人前の仕事をしてきたんだ。そうだろう？」

クワエラがアーメルをにらんだ。目は怒《いか》りに燃えている。「いい加減《かげん》にしたらどうだい！　学校に行くしかないんだよ。イギリスから追い出されたいとでもういうのかい?」

アーメルはくちびるをかんだ。母さんのことはおれが責任を持たなきゃならない。ローレント兄さんに約束したもの、おれが母さんの面倒《めんどう》を見るって。学校にもどって、英語を勉強する。口から出たとたんに石ころみたいに床《ゆか》に落っこちる重いことばをな。おれには力があるってことをやつらに見せつけてやる。もう一回ガキにもどるってことになるけどな。

「行けばいいんだろ?」

「イニェンジには絶対《ぜったい》近づいちゃだめよ。わかった?」

アーメルは答えなかった。近づくなって言ったって、どうすればいいんだ? おれは絶対《ぜったい》に仕返ししてやる。おれの家族はゴキブリどもにひどい目に合わされたんだ。

「わかった?」クワエラはもう一度とげのある声できいた。

「わかったよ。」でも、約束はできない。

その日、クワエラとアーメルは支給《しきゅう》された商品券を持って、学校の制服を買いに行った。アーメルは制服を試着して、鏡に映った自分のすがたをまじまじと見た。うそだろ？　おれはもう一人前の男なんだ。これじゃまるで右も左もわからないガキと同じじゃないか。

翌日《よくじつ》、アーメルはこの新しい制服を着て、クワエラと学校に向かった。これじゃガキのころに逆《ぎゃく》もどりだ。せいぜい顔を上げて堂々としているしかないな。


通訳《つうやく》が来て、三人で中に入った。ナギ先生とトンプソン先生が待っていた。ナギ先生はアーメルにほほえみかけたが、アーメルはにこりともしなかった。面談が始まった。すべてのことばを英語からフランス語に、フランス語から英語に直さなければならない。そのため、時間がかかった。

トンプソン先生が口火を切った。

「どうして学校を抜《ぬ》け出したの？」

「別に。」アーメルは肩《かた》をすくめた。

「だれかにいじめられたの？」

「別に。」

「だったらどうして？」

アーメルの心にむらむらと怒《いか》りがこみ上げてきて、今にも爆発《ばくはつ》しそうだった。

いろんなことばが、まるでおりに閉《と》じこめられた動物みたいに、頭の中をぐるぐるまわっている。アーメルは目を閉じて、必死にこらえていた。

トンプソン先生がクワエラにきいた。

「いったいなにがあったのか、お母さんにお心あたりはありませんか？」

クワエラはいらいらしながら両手をつき上げて早口に答えた。

通訳《つうやく》が言った。「アーメルは自分ではもう学校に通うような年じゃないと考えている、と言っています。」

「もうそんな年じゃない？」トンプソン先生は、よくわからないといった顔をした。

クワエラはフランス語でまくしたてた。

「わたしたちのいた国ではイギリスとは事情《じじょう》がちがうんです。アーメルの年には学校になんか行かないんです、近くに通える学校がないんですから。この子も二年前までは小学校に通ってましたよ。それも大仕事でしたよ。なにしろ片《かた》道《みち》数キロの道を歩いて行かなきゃならないんです。中学校はさらにその先。とても通えたもんじゃありません。寄宿舎《きしゅくしゃ》に入れば話は別ですよ。でも、そんなお金、どこにあるっていうんです。この子が働かなかったら、食べていけなかったんですから。この子は十一歳《さい》のころからずっと一人前の男として働いてきました。とにかく育てられる作物を育てないかぎり、食べるものがないんです。内戦もありましたし……。」

アーメルは腹《はら》が立ってきた。母さんは怒《おこ》っている。目を見ればわかる。だから母さんは、あんなふうにしゃべってるんだ。あのときほった穴《あな》が目にうかぶ。そこにあった死体が目にうかぶ。アーメルは過去《かこ》の記憶《きおく》を頭から追いはらおうと、爪《つめ》が手のひらに食いこむほど強くこぶしをにぎった。こいつらみんなばかだ。なにもわかっちゃいない。

「この子は二年くらい学校に通っていません。」通訳《つうやく》がトンプソン先生に伝えた。「お母さんは内戦のことを話し始めましたが、深入りしたくないようです」

「そうですか。」トンプソン先生はけげんな顔をしている。「お母さんに伝えてください、イギリスではアーメルの年の子どもはまだ学校に通わなければならないと。わかってもらえるかしら？」

通訳《つうやく》がクワエラにトンプソン先生のことばを伝えると、クワエラはうなずいた。

「よかった。アーメルがまた授業《じゅぎょう》に出席することを許可《きょか》します。」トンプソン先生は言った。

アーメルはナギ先生と廊下《ろうか》を歩いて教室に入った。兵士に護衛《ごえい》されて収容《しゅうよう》所《じょ》に連れていかれるところだと思おうとした。でも、これじゃとても一人前の男とは思えない。なにもできないガキに逆《ぎゃく》もどりってわけか。

アーメルが教室に入ってきて、またとなりにすわると、クリストフの心は重くなった。アーメルは前より落ち着いているように見える。でも、この静けさは不気味だ。

アーメルがほとんど口を開かずに、フランス語で不満を言った。

「先生、アーメルがぼくのとなりにすわるのはいやだと言っています。フランス語なんか話したくない、英語をおぼえたいと言っています。」クリストフはナギ先生に伝えた。

ナギ先生は首をかしげて、アーメルとコンに席をかわるように言った。またコンがクリストフのとなりにすわって、クリストフはアーメルの世話をしなくてもよくなった。これにはほっとした。それなのに、心がざわざわする。アーメルは絶対《ぜったい》にぼくのほうを見ないと決めている。ぼくはアーメルになにかおそろしいことをされるんじゃないだろうか。なぜだかわからないけど、そんな気がしてならない。

「あのさ。」休み時間にみんなでトランプをしているとき、コンが話し出した。

「ぼく、あの転校生がこわくてしかたない。」

「ぼくもだよ。」ヒッチも言った。「いきなり人の腕《うで》をつかんで、なにかを指さして、『あれなに？』ってきくんだ。だから教えてやった。教えないわけにいかないよ。あいつはみんなのきらわれ者さ。」

「君のこと、無視《むし》してるね、クリストフ？」コンがきいた。「どうして？」

「知らないよ。」クリストフはぶっきらぼうに答えた。「君がトランプを配る番だよ。」

クリストフが学校から帰ると、お父さんはもう仕事からもどって、新聞を読んでいた。クリストフが部屋に入ると、お父さんは顔を上げた。怒《おこ》った顔をしている。

「なにがあったの？」クリストフはきいた。

「ここに書いてあることさ。」お父さんはそう答えるのが精《せい》いっぱいだったが、だんだん怒《いか》りはおさまっていった。お父さんは読んでいた記事のことを頭から

必死に追い出そうとしている。お父さんは怒《いか》りを感じると、いつもそうしている。お父さんが新聞を置いた。クリストフの目に、ルワンダという語がちらっと見えた。よし、あとで読むぞ。

「ねえ、お父さん、転校生がまた学校に来るようになったんだ。でも、もうぼくのとなりにはすわってない。フランス語は話したくない、英語をおぼえたいって言うんだ。」

「いいことじゃないか。」

「お母さんは？」

「アリーシャと買い物に行ったよ。すぐ帰ってくるさ。」

その夜おそくなってクリストフは、お父さんを怒《おこ》らせた記事を読もうと新聞をさがしたが、見つけることはできなかった。

「学校はどうだった?」クワエラは心配のあまり、きつい口調《くちょう》できいた。

「イニェンジから離《はな》れた席にかえてもらった。あんなやつとかかわるのはまっぴらだ。」

「イニェンジのいるところでは必ずよくないことが起こるからね。」クワエラのほおがふるえ、いっしょに顔の傷《きず》もふるえた。「もう一度上着を着て、買い物についてきておくれ。わたしには英語がわからないから。」

「雨がふってるよ。」アーメルは上着を着ながら不満そうに言った。

イギリスではいつも雨がふっている。洪水《こうずい》を引き起こすようなどしゃぶりの雨ではないけれど、着ているものにじわじわしみこんで、骨までこごえるようなしとしととした霧雨《きりさめ》がいつもふっている。太陽が顔を出したとしても、光は弱く、とてもぬれたものをすっかりかわかすほどの力はない。

「イギリスも英語もくそくらえだ!」アーメルはぶつぶつひとり言を言った。

過去《かこ》の毒

数週間後、クリストフがほかの子どもたちと教室の外にならんでいると、コンが言った。

「アーメルが公営《こうえい》アパートから出てくるところを見たよ。」

「へえ?」

「お母さんといっしょだった。お母さんは片方《かたほう》のほおに海賊《かいぞく》みたいな傷《きず》があったよ。歩き方が変だった。片方の足が悪いんだ。」

「ほんと?」

「アーメルはまだ君のこと、無視《むし》してるね。」

「うん。」

「ぼく、アーメルのこと、きらいだな。」

「ぼくもだよ。」

先生はまだ来ない。列はばらけて、子どもたちは思い思いに動きまわっている。でも、大きな声は出さない。クリストフはいきなりだれかにつき飛ばされた。ふりかえると、アーメルだった。

「イニェンジめ！」

アーメルははき捨《す》てるように言った。クリストフは思わずちぢみ上がった。アーメルの声には、はげしいにくしみがこもっていたのだ。クリストフはこぶしをにぎって、身がまえた。でも、アーメルはあとずさりながら、遠ざかっていった。

「どういうこと？」コンが大きな声できいた。

「わかんないよ。」

「悪口なの？　エンジとかなんとか言ってたでしょ？」

「わかんない、ぜんぜん。」

アーメルの目にあったにくしみの色を見て、クリストフは動揺《どうよう》し、「イニェンジ」ということばが頭から離《はな》れなくなった。アーメルが来て以来、心の中がずっともやもやしている。でも、今、そのもやもやは、はっきりとした疑問《ぎもん》に変わった。いったいどうしてぼくがアーメルににくまれなきゃならないんだ。

イニェンジ、このことばが疑問を解《と》くかぎだ。


「イニェンジってどういう意味？」クリストフはお父さんにきいた。「悪口？」

お父さんはびっくりして顔を上げた。

「だれがそんなこと言ったんだ？」

「アーメルだよ。」

「なにがあったんだ？」お父さんがきびしい口調《くちょう》で言った。

お父さんにしつこくきかれて、クリストフはかえってびっくりした。

「なにもないよ！　アーメルになぐられるかと思ったけど、なにもされなかった。イニェンジってどういう意味？」

お父さんの目がくもった。お父さんはことばをおし出すように話した。

「キニャルワンダ語だよ。ルワンダで見たことがあるだろう、ゴキブリのことさ。」

お父さんが話していると、お母さんが部屋に入ってきた。お母さんは手をくちびるにあてて、「お願い、やめて！」と恐怖《きょうふ》におののいた。お父さんがパソコンから立ち上がると、お母さんはお父さんの肩《かた》に顔をうずめた。お母さんはなにも言わずに、ただふるえている。

「いったいどうしたの？　ぼく、なにか悪いことした？」

「そうじゃないんだ、クリストフ。」お父さんは悲しそうに言った。「おまえはなにも悪いことはしていない。」

「もうその話はやめて！」お母さんはフランス語で言った。お母さんは悲しいことがあるといつもフランス語を使う。

お父さんもフランス語で言った。

「いつかこんな日が来ると思っていたじゃないか。いつかきっとクリストフに話さなきゃいけない日が来るって。ついにその日が来たんだよ。」

「そうね。」お母さんはお父さんの肩《かた》に顔をおしつけたまま小さな声で言った。

クリストフは胸《むね》が痛《いた》んだ。お母さんは悲しんでいる。とても悲しい思いをしている。

「アリーシャを連れて公園に行っておいで。そのあいだにクリストフとふたりで話すから。」

「ええ、そうするわ。」

お母さんは顔を上げた。お母さんの顔は石のようにのっぺりとして、なんの表情《ひょうじょう》もなかった。お母さんはクリストフのほうをふり向くことなく、背《せ》を向けて部屋を出た。アリーシャを呼《よ》ぶお母さんの声がきこえた。やがて、玄関《げんかん》のドアが閉《し》まり、クリストフはお父さんとふたりだけになった。


「こんな話、したくないのはお父さんも同じだ。でも、話さなきゃならない。さあ、ソファにおかけ。お父さんのそばにね。」

お父さんの声はかすれていた。お父さんはせきをひとつすると話を続けた。

「英語ではとても話せないから、フランス語で話すよ。」

クリストフはお父さんのとなりに腰《こし》を下ろした。

「話したくなかったら、話さなくていいんだよ、お父さん。」

お父さんは首を横にふった。

「過去《かこ》にあったことをかくしておくのはいけないことだ。そんなことをしたら、真実と向き合えなくなるからね。小学校のときに先生が書きとめてくれた話、おぼえているだろう？　おまえがみんなにきかせた話だ。」

「うん。」

「おまえがあの話をしたのは八歳《さい》のときだが、実際に経験《けいけん》したのは六歳《さい》のときだ。お母さんとバビの家まで必死に逃《に》げたときのこと、おぼえているか？」

「バビはいつもぼくにお話をきかせてくれたよ。」バビはお母さんのお父さんだ。「ぼくはヤギを連れて山に行った。」クリストフの顔に笑みがうかんだ。でも、すぐにその笑みは消えた。「お母さんはいたけど、お父さんはいなかったね。ずーっと会えなかったよね。」

クリストフの頭からバビのにこやかな顔が消えて、家におし入ってきた男たちのすがたがうかんだ。顔に白いチョークをぬり、太鼓《たいこ》をたたいていた。あのときのこわかったこと。お母さんはあとずさりし、お父さんは男たちといっしょに出て行ってしまった。赤《あか》ん坊《ぼう》だった弟のマシューはわんわん泣いた。でも、そのマシューはもういない。

「お父さん、ぼくたちを置き去りにして、あいつらについて行っちゃったね。お父さんは、行きたくないって言わなかったね。あいつらが悪者だって、ぼくにはわかっていたよ。すごくこわかった。」

「お父さんだってこわかったさ。お父さんはやつらの仲間だってことを示すしかなかったんだ。いやだなんて言ったら、殺されていたよ。お父さんだけじゃなく、おまえたちもみんな。」

お父さんもこわかった？　クリストフはぞっとした。

「あいつらは、い、いったい、お父さんにどうしろって言ったの？」

「フツの患者《かんじゃ》を優先《ゆうせん》して、ツチの患者《かんじゃ》はみるなって言ったんだ。お父さんは医者だ。医者は患者を平等に治療《ちりょう》しなきゃならない。お父さんにはツチの患者を無視《むし》するなんてこと、とてもできなかった。」お父さんは声をあらげた。お父さんは怒《おこ》っている。

「フツ？　ツチ？　それっていったいなに？」

「フツもツチも同じルワンダ人さ。同じルワンダ人がフツとツチに分かれていたんだ。お父さんはフツ、だから、おまえもフツだ。」

「フツ？」

「父親がフツなら、子どももフツ。父親がツチなら子どももツチだ。」

クリストフは頭がこんがらがってきた。なんとか頭を整理しなきゃ。クリストフはルワンダにいたころのことを思い出そうとした。すると、さまざまな場面が一気に頭にうかんできた。お父さんが行ってしまい、ぼくらには食べるものがなかった。お母さんもマシューも泣いていた。太鼓《たいこ》の音がひびいて、また悪者たちがやってきた。ぼくはお母さんと走りに走った。お母さんはマシューをおんぶしていた。銃声《じゅうせい》がきこえた。ぼくらのうちから火の手が上がった。

「あいつらがもどってきて、家に火をつけたんだ。」

「そうだったね。」

「ねえ、どうして？　お父さんがあいつらの言うことをきかなかったから？」

「いいや。お母さんがツチだからだ。」

「えっ？　どういうこと？」

「お母さんのお父さんはツチだったんだ。だから、お母さんもツチ。ツチは背《せ》が高くてほっそりしている人が多い。お母さんもそうだ。おまえはお母さんに似《に》ている。フツだけど、ツチのように見えるんだ。」

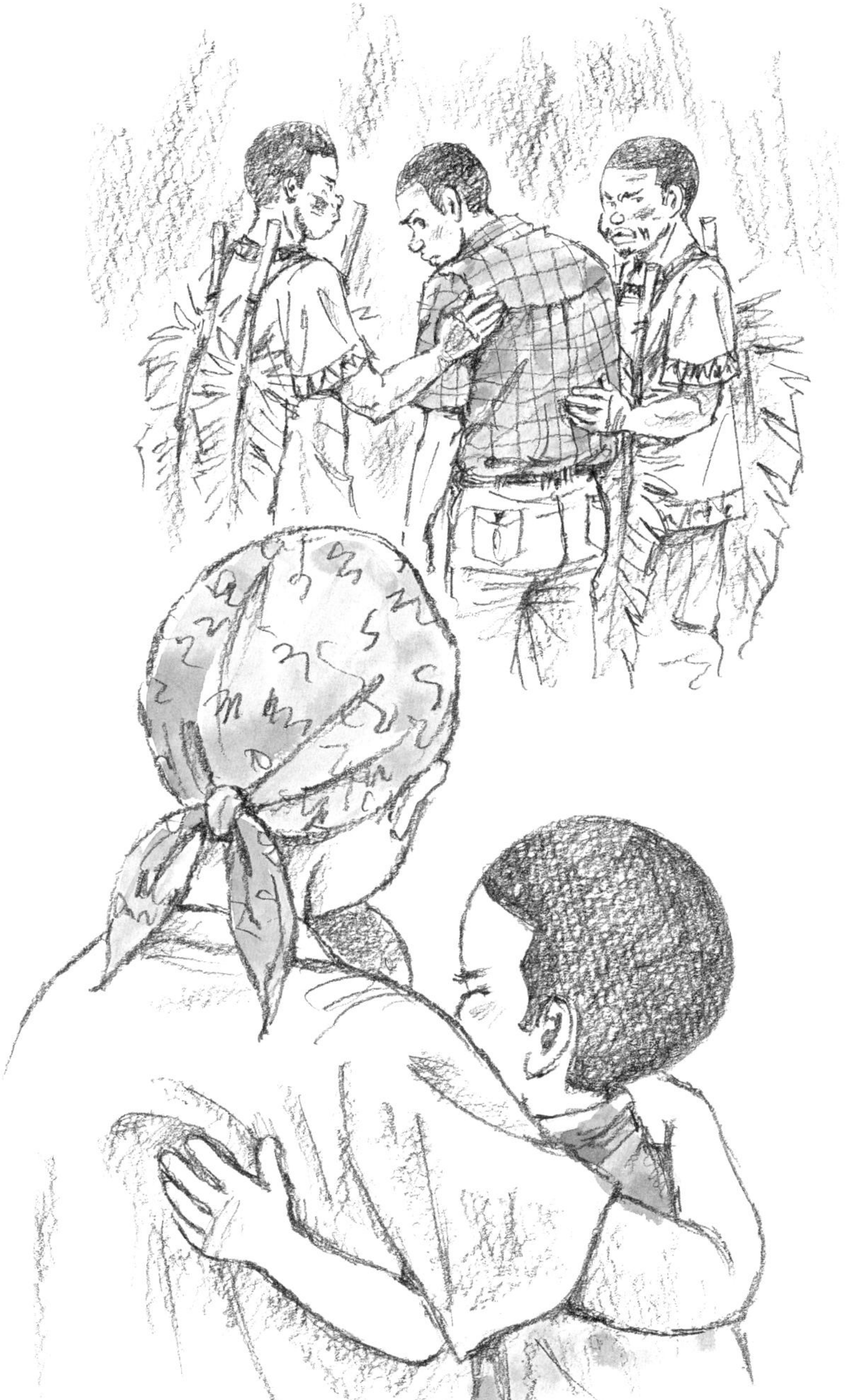

「ツチみたいに見える？」

わけがわからない。部屋がくるくるまわっているみたいだ。床《ゆか》がはね上がったり落っこちたりしている。はげしい痛《いた》みが胸《むね》をさす。お父さんとお母さんは同じルワンダ人じゃないか！　ふたりが別の種族だなんてこと、あるわけないじゃないか！　でも、もしそうなら、このぼくはいったいなにもの？　ふたりの血が半分ずつ入ってるこのぼくは？

「そうだ、おまえは背《せ》が高くてほっそりしている。お父さんみたいにずんぐりむっくりじゃない。皮膚《ひふ》の色もお母さんと同じで、お父さんほど黒くない。」

お父さんはおもしろおかしく言おうとしている。でも、ふざけてなんかいない。だって、声がこわばって悲しそうだもの。

「だからアーメルはおまえのことをイニェンジって言ったんだ。アーメルはおまえのことをツチだと思っているんだ。フツの中にはツチのことをイニェンジって呼《よ》んでいた人たちがいるんだよ。」

クリストフは胸がしめつけられるような気がして、しぼり出すように声を出した。「ツチのどこがいけないの?」

「どこも悪くない、いや、すべてが悪い。」お父さんは苦しそうだ。「ありのままを話そう。バビが亡《な》くなって、上手にお話をするのはおまえの役になったが、きょうはお父さんが話をする番だ。過去《かこ》の毒についての話だ。」

お父さんの話

「昔、昔のことだ。フツとツチはルワンダで仲よく暮らしていた。友だちだったんだ。今のようににくみ合ってなどいなかった。でも、それはヨーロッパ人に支配《しはい》される前のことだ。ドイツ人がやって来て、そのあとベルギー人が来た。教師《きょうし》がやってきて、前よりたくさん学校ができた。でも、授業《じゅぎょう》は全部フランス語で行われるようになり、キニャルワンダ語は使われなくなった。そうして、わたしたちルワンダ人はお金と教育の力でヨーロッパ人に買収《ばいしゅう》されてしまった。」

クリストフはなんだか納得《なっとく》がいかない。

「お父さん、お話をきかせてくれるんじゃなかったの？　これじゃ、お話じゃなくて歴史の授業《じゅぎょう》じゃないか。」

「歴史というのは過去《かこ》に起こったできごとが積み重なってできているんだ。お父さんは今、お父さんのおじいちゃんが子どもだったころのことを話しているんだ。」

「ぼくのおじいちゃんのお父さんってことだよね？」

「そうだよ。今、お父さんが話しているのはルワンダの歴史だ。ルワンダの歴史はヨーロッパの歴史の一部でもあるんだが、ヨーロッパ人はできれば忘《わす》れてしまいたいと思っているだろう。」

「どうして？」

「お父さんの話をよくきいていればわかるよ。」

お父さんはハンカチを取り出して、額《ひたい》の汗《あせ》をぬぐい、話を続けた。

「ヨーロッパ人はルワンダを支配《しはい》し始めると、ツチにいちばんいい仕事を与《あた》え、支配者《しはいしゃ》の仲間入りをさせたんだ。『分割統治《ぶんかつとうち》』といって、国民をふたつに分けておさめやすくした。一方のグループにだけ力を与えれば、ふたつのグループが力を合わせて支配者に刃向《はむ》かうことはできなくなる。でも、これによって、たくさんの争いが起こった。なにしろ、ツチよりフツのほうが圧倒的《あっとうてき》に多かったんだからね。」

「だったらどうしてフツを支配者にしなかったの？」

「ヨーロッパ人の頭には毒がまわっていたし、ヨーロッパ人はルワンダ人の頭にも毒を入れてしまったからだ。ヨーロッパ人がツチを選んだのは、ツチの肌《はだ》の色がフツほど黒くなく、見た目がヨーロッパ人に近いから、ツチのほうがフツより賢《かしこ》いにちがいないと思ったんだ。」

「そんなの人種差別だよね？」

「ああ、人種差別だ。」

「ぼくたち、学校で習ったよ。肌の色で人を差別しちゃいけないって。」

「そのとおりだ。でも、今、言われたり行われたりしていることが、過去《かこ》にもそうだったかというと、そうではないんだ。それに、国がちがえば、事情《じじょう》がちがうということもよくある。過去のルワンダでは差別が行われていたんだ。ツチの中には、自分たちのほうがほんとうにフツよりすぐれていると思いこむ人が出てきた。自分たちは選ばれていい仕事についているからって理由でね。フツの中には、自分たちはツチより劣《おと》っているにちがいないと思い始める人もたくさんいた。毒のせいだ。」

「お父さんの頭にも毒がまわっていたの？」

「ああ。自分の頭でちゃんと考えるようになるまではな。いいかい、親の言うことや先生の言うことをうのみにしてはいけないよ。人というものは、正しくないことを正しいと信じこんでいることがよくある。ほかの人から吹《ふ》きこまれたうそを正しいと思いこんでしまうんだ。」

「うそ?」

「うそと真実。ちがいはなんだ?」お父さんはもどかしそうに言った。「わたしたちは過去《かこ》のできごとを真実として話す。でも、真実は人によってちがう。ある人にとっての真実は、別の人にとってはうそということもある。まだ話は終わりじゃないぞ。」

お父さんの声が沈《しず》んだ。目はくもっている。クリストフはこわくなった。お父さんはおそろしい話をするにちがいない。きっとお母さんがぼくにきかせたくなかった話をするんだ。

「ルワンダを支配したドイツ人もベルギー人も少数派のツチを重んじた。国民は貧《まず》しく、腹《はら》をすかせていた。フツは、ツチよりはるかに数が多い自分たちが政権をとるべきだと主張《しゅちょう》した。不平や不満が次つぎと出てきた。そして、ついにある日、フツがツチをおそった。おまえが六歳《さい》のときのことだ。」

お父さんの目は涙《なみだ》でぬれていた。クリストフはお父さんの手をしっかりとにぎった。

「フツはツチのことをゴキブリと呼《よ》んで、『イニェンジを殺せ。ゴキブリをやっつけろ。』とさけんだ。フツはツチを殺し始めると、決してやめることはなかった。殺害は果てしなく続いたんだ。」

クリストフは息が止まったかと思った。「だれもやめさせなかったの？」

「ああ、だれも。」お父さんはにがにがしく言った。「殺害を止めることのできる人がいたとすれば、それは外国人だけだった。でも、外国人はなにもしなかった。殺害が続くのをほったらかしにして、ルワンダを出て行った。フツはツチを虐殺《ぎゃくさつ》したんだ。でも、外国人はやめさせようとはしなかった。」

「虐殺《ぎゃくさつ》？」クリストフの頭にひらめいたことがある。「それってヒトラーがユダヤ人にしたことだよね？」

第二次世界大戦中、ヒトラー率《ひき》いるナチス（国家社会主義《こっかしゃかいしゅぎ》ドイツ労働者党）は、ドイツ民族こそがもっともすぐれた民族だと主張《しゅちょう》し、ドイツ国内だけでなく、ナチスの支配《しはい》する地域《ちいき》に住むユダヤ人（ユダヤ教を信じる人およびその子孫）をアウシュビッツなどの強制収容所《きょうせいしゅうようじょ》に入れて迫害《はくがい》した。国外に脱出できたユダヤ人もいるが、逃《に》げきれずにつかまって、強制収容所に入れられ、ろくな食べ物も与《あた》えられずに過酷《かこく》な労働をさせられたり、ガス室に入れられ毒ガスで殺されたりしたユダヤ人は数知れない。クリストフはナチスと強制収容所のことを本で読んだことがある。歴史の時間には話し合いをした。なんてひどいことをするんだ、とみんな憤慨《ふんがい》していた。中には、はきそうになって教室からかけ出した子もいる。そのときは、虐殺なんてほかの国で遠い昔に起こったことだと

思っていた。でも、今、お父さんは同じようなことがルワンダで起こり、しかもそれはぼくが六歳《さい》ときのことだったと言っている。なんてことだ。頭がくらくらする。

「そうだ、虐殺《ぎゃくさつ》だよ。見た目がツチに似《に》ているってだけで虐殺されたフツもいる。ツチの味方をする者はひどい目にあわされた。お父さんはツチの味方をしたんだ。だから連れていかれて、ツチの味方をするのはやめろとおどされたんだ。」

子どものころ、いっしょに遊んだ弟のことがクリストフの頭をかすめた。

「マシューは撃《う》たれて死んじゃったね。」

「ああ。」お父さんは力なく言って、こぶしをにぎりしめた。

「ぼくも撃たれた。」クリストフはシャツの下に手を入れ、傷《きず》あとを指でなぞった。クリストフのおなかをかすめた銃弾《じゅうだん》のあとは、みみずばれになって残っている。

「おまえは運がいい、死なずにすんだんだ。」

「あのときはぐったりしちゃって、バビの家で寝《ね》ていたんだ。」

「熱のせいだ。傷口《きずぐち》からばい菌《きん》が入ったんだよ。」

「バビにすごくまずいものを飲まされた。でも、おかげでよくなったけど。そのあと、お父さんがぼくたちを呼《よ》びよせてくれて、みんなでイギリスに来た。」

クリストフは、お父さんが悲しみを忘《わす》れられるようにと話し続けた。「ぼくは英語を勉強しなきゃならなかった。ぼくたちは難民申請者《なんみんしんせいしゃ》としてイギリスに来たけど、ようやく難民《なんみん》として認《みと》められて、イギリスにいられるようになった。もうルワンダに送り返されることはないんだ。お父さんはまたお医者さんになれたしね。」

「おまえには妹ができた。」

「ぼく、今度は弟がほしいな！」

「ああ、そのうちな。」

お父さんは笑おうとしている。よかった。でも、楽しい話にも終わりがある。だからまた、アーメルの話に逆もどりしてしまった。クリストフにはもうひとつお父さんにききたいことがあった。

「アーメルはコンゴから来たのに、どうしてイニェンジのことを知ったの？」

お父さんの顔からほほえみが消えた。「アーメルもおそらく家族といっしょにルワンダからコンゴ民主共和国にのがれ、そこからイギリスにわたってきたフツなんだろう。過去《かこ》の毒はどんどん広がって、ほかの国にまでまわってしまったんだ。」

「お父さんの話をアーメルにきかせたらどうだろう？　わかってもらえないかなあ？」

「さあ、どうかなあ。アーメルにはアーメルの話があるんだ。アーメルに近づかないようにしなさい。なにをされるかわからないからね。この毒はふつうの毒じゃないんだ。体にまわると、人は怒《いか》りに燃えて、たがいににくしみ合うようになる。それほど強い毒なんだ。」

「その毒を消す方法はないの？」

「わたしの知るかぎり、ないね。ベルギーはルワンダから軍隊を撤退《てったい》させてフツの虐殺《ぎゃくさつ》を見て見ぬふりをしていた。現在の首相《しゅしょう》がそのことを謝罪《しゃざい》することに*なるだろうと新聞に書いてあったが、そんなことをしたって、なんになるんだ？」

「でも、お父さん、『ごめんなさい』のひとことが大事だって前に言ったじゃないか！」

* ベルギーの首相は、適切《てきせつ》な対応を怠《おこた》ったために、ルワンダの大虐殺を防《ふせ》ぐことができなかったとして、2000年に謝罪《しゃざい》した。

「ああ、ときにはな。悪いことをした本人が、心から悔《く》いて相手にあやまった場合はね。でも、そのときその場にいなかった人がどうやってあやまれるっていうんだ？　死んだ人にあやまるなんてこと、できっこないじゃないか。死んだ人は生き返らないんだ。今も苦しんでいる人に怒《いか》りをおさめろって言ったって、それもむりな話だ。」

いつもはどんなことにも答えてくれるお父さんも、今度ばかりは答えが見つからないようだった。クリストフはふと、しばらく前にお父さんに言われたことを思い出した。

「お父さん、ぼくがいじめっこに腹《はら》を立てていたときのこと、おぼえてる？　ぼくがあいつらをなぐったときのことだよ。」

「おぼえているよ。それがどうしたんだ？」

「許《ゆる》すことが大事だって、お父さん言ったよね？」

「ああ。」

「だったら、ベルギー人を許せばいいんじゃない?」

「そうかもしれないね。」お父さんは力なくほほえんだ。

「フツも許せば?」

お父さんの顔がぴくっとした。「おまえの言うとおりだ。」お父さんはしぶしぶ同意した。「許さないといけないね。過去《かこ》と決別するにはそれしか方法はないな。でも、お父さんにとってはそう簡単《かんたん》なことじゃないんだ。お母さんとはこの話をすることはないが、わたしたちふたりの心の奥深《おくぶか》いところにはまだ毒が残っていて、わたしたちを苦しませている。だから、おまえにこの話をしたくなかったんだ。おまえの心にまで毒がまわったらこまるからね。過去の毒に気をつけなさい、クリストフ、毒にむしばまれてはいけないぞ。」

「うん、お父さん。」

しかし、その晩《ばん》ベッドに入ったクリストフは、お父さんにきいた話が次つぎ頭にうかんで、なかなか眠《ねむ》れなかった。小学校のとき、ぼくは自分の経験《けいけん》したことをみんなの前で話した。それを先生が書きとって本にした。でも、あれは全体のほんの一部でしかなかったんだ。ぼくが知らなかったことが、ルワンダではもっともっとたくさん起こっていたんだ。バビの言うとおりだった。お話は書いてはいけないんだ。いったん書かれたものはもう変えることができない。お父さんの話はぼくが小学校でみんなに話したことより、ずっと中身が濃《こ》くて深い。アーメルにはアーメルの話があるって、お父さんは言った。それはいったいどういうことなんだろう?

ぼくはこれまで自分のことも知らずに生きてきた。お父さんはフツで、お母さんはツチ、このぼくクリストフはフツとツチの両方でできている。そのうえフツはツチのことをゴキブリだと思って、殺さないではいられないほどにくんでいる。ぼくは、ぼくを撃《う》ったのも家に火をつけたのも兵士だと思っていた。でも、それは全部フツのしたことだったんだ。ぼくの半分がもう半分と戦っているみたいじゃないか。

　クリストフは悲しみに打ちひしがれそうになったが、その悲しみを必死に心から追い出した。なんでこのぼくが、そんな昔にあったことで悲しまなきゃならないんだ？　フツめ、よくもぼくを撃ってくれたな！　よくもマシューを殺してくれたな！　クリストフの心の中にはつめたく長い怒りのうずができていた。まるで何匹《びき》ものヘビがクリストフの中に巣をつくって、いすわっているかのようだった。アーメルめ、今度ぼくのことをイニェンジなんて呼んでみろ、ただじゃおかないぞ！

弱々しい光を放つ太陽が沈《しず》みかけるころ、クリストフとコンは学校をあとにした。

「アーメルは君のことがきらいなんだね。」コンがわかったような口をきいた。

「うん。」

「どうしてなの？」

クリストフはお父さんからきいた話をしたくはなかった。でも、気づくとコンにせがまれて話していた。

「つまり、君のお父さんとお母さんは肌《はだ》の色や体型がちがっているんだね。どちらかがツーツーで、どちらかがフーツーってことだね？」

「フッとツチだよ。」

「お母さんのグループのほうが国を支配《しはい》する側だったから、お父さんのグループの人たちがお母さんのグループを殺し始めたんだね？」

「うん。」

「君もアーメルもフーツーだけど、君はお母さんに似《に》ているから、アーメルは君のことをツーチーだと思って、君をきらってるんだ。」

クリストフはしょんぼりとうなずいた。「それは全部過去《かこ》の毒が原因だってお父さんは言うんだ。」

「うん。ぼくたちアイルランド人の場合と同じだ。」コンは沈《しず》んだ声で言った。「ぼくのお母さんの家族とお父さんの家族はそれぞれ対立するグループに属《ぞく》していたんだ。お父さんはアイルランドの親せきに会いにいって、爆弾《ばくだん》に吹《ふ》き飛《と》ばされて死んだんだよ。お母さんのほうのグループの人がしかけた爆弾にね。」

「コンは何歳《さい》だったの？」

「七歳だった。お姉ちゃんは十歳、双子《ふたご》は赤ちゃんだった。」

「ぼくの弟はフツに殺されたんだ。兵士に殺されたんじゃなくて、フツに殺されたんだ。」

「うん、でも、それはアーメルが悪いわけじゃないよね。」

「そうだね。」

「うちに来る？」

クリストフは首を横にふった。「きょうはやめとく。うちに帰るよ。」

ごちゃごちゃ散らかっていてにぎやかなコンの家には行きたくない。考えなきゃいけないことが山ほどあるんだ。コンのお父さんが爆弾で死んだなんて知らなかったな。コンはかわいそうだな。ぼくのお父さんがフツに殺されていたら、どうだったろう。

けんか

　それ以来クリストフは、アーメルに無視《むし》されるたびに、怒《いか》りがこみ上げてきた。いったいなんの権利《けんり》があってアーメルはあんな態度《たいど》をとるんだ。フツはツチを虐殺《ぎゃくさつ》までしておきながら、それでもまだ足りないっていうのか。アーメルに仕返ししてやりたい。でも、お父さんのことばが耳にひびいてくる。

「過去《かこ》の毒には気をつけなさい、クリストフ、毒にむしばまれてはいけないぞ。」

　クリストフは、いくら毒にむしばまれまいとしても、弟のマシューのことを思い出さずにはいられなかった。マシューはフツに殺された。むごい殺され方をした弟を思うと、怒りの炎《ほのお》が燃え立つ。クリストフはアーメルをじっと見すえたり、アーメルにつめたい態度をとったり、無視し返したりした。クリストフは毒にむしばまれてしまった。

アーメルもクリストフへのにくしみにかられていた。ツチのゴキブリどもにひどい目にあわされて、兄のローレントは復讐《ふくしゅう》のために家を出た。弟のぼくは母さんの面倒《めんどう》を見るために家に残らざるをえなかった。だが、幸いにもイギリスに来たらイニェンジが目の前に現れた。この手で復讐する機会はすぐに来るさ。学校の中はだめだ。みんなの目がある。復讐するなら学校の外だ。アーメルはそう考えながら学校に通い、英語の勉強に精《せい》を出した。イニェンジのことは無視し、先生のことばに耳を傾《かたむ》けようとしていたが、イニェンジのことはいつも意識《いしき》していた。にくしみはアーメルの心でくすぶり続け、炎となって外に出る機会をうかがっていた。

クリストフとアーメルはほとんどの授業《じゅぎょう》を同じ教室で受けていた。ふたりのあいだには、嵐《あらし》が音もなく勢力《せいりょく》を強めているような緊張感《きんちょうかん》があった。それに気づいているほかの子どもたちは、自分たちが嵐を引き起こすきっかけになってはいけないと神経《しんけい》を使っていた。みな、アーメルにもクリストフにも近よらなかった。

「アーメルとなにかあったの？」ナギ先生がクリストフにきいた。

「なにもありません。」クリストフはかたく口を閉《と》ざした。

「けんかでもしたの？」

「いいえ、先生。」

数週間後のある土曜日の朝のことだった。ふたりはばったり顔を合わせた。アーメルが母親にたのまれておつかいに出たところに、クリストフが路地から出てきたのだ。アーメルはぴたりと足を止めた。クリストフは恐怖《きょうふ》で足が動かなくなり、その場にかたまった。通りには人も車も通っていない。今こそ復讐《ふくしゅう》のチャンスだ。アーメルは怒《いか》りをこめてさけんだ。「イニェンジめ！」アーメルは両手をにぎりしめ、なぐりかかった。でも、遅《おそ》かった。クリストフがまた路地にさっと入ってしまったため、アーメルのこぶしは塀《へい》にあたった。関節から血が出てきた。アーメルは怒りに燃えてクリストフを追って路地に入った。

クリストフはこわくなってせまい路地を全速力で走った。路地の両側には塀がある。逃《に》げるしかない。アーメルみたいな手ごわい相手とけんかするなんてごめんだ。ポケットには大事な携帯電話《けいたいでんわ》が入っているが、助けを呼《よ》べるような状況《じょうきょう》ではない。アーメルの足音がせまってくる。このままじゃつかまっちゃう。どうしたらいいんだ？

塀《へい》の向こうには、ビルの工事が中断《ちゅうだん》されて荒《あ》れ放題の建設《けんせつ》現場がある。あそこのことならすみからすみまでよく知っている。がれきやしげみの中でコンとよくサッカーをした。アーメルに追いつかれる前に塀によじのぼることができれば、向こう側に飛び下りて入口から逃《に》げることができる。

クリストフは路地を半分ほど入ったところで、塀に飛びつき、よじのぼり、てっぺんをまたぐと、地面に飛び下りた。息が苦しい。クリストフが呼吸《こきゅう》を整えようとしていると、アーメルが塀をよじのぼる音がきこえた。クリストフが息を整えるのと同時に、アーメルが塀の上に顔を出した。

「イニエンジめ！」アーメルはどなりつけ、塀の上に仁王《におう》立ちになったかと思うと、クリストフめがけて飛び下りた。

クリストフは飛びのいたが、逃げる時間はなかった。恐怖《きょうふ》は怒《いか》りに変わった。なんでアーメルにこんなことされなきゃならないんだ。アーメルがクリストフの近くに飛び下りると地面がゆれた。クリストフはこぶしをにぎってアーメルになぐりかかった。ふたりははげしくなぐり合った。クリストフはアーメルをやっつけることしか考えていなかった。勝つためなら、あざができたって痛《いた》くたってかまうものか。

しかし、次の瞬間《しゅんかん》、アーメルの一発がクリストフの目に命中した。強力なパンチだった。クリストフはバランスを失ってうしろによろけ、しりもちをついた。アーメルはこれで決着をつけようと、クリストフに向かってきた。クリストフは体をよじってかわし、落ちていた棒《ぼう》をつかんで、アーメルめがけてつき出した。アーメルは棒をつかみ、クリストフの手からうばいとろうとしたが、クリストフは離《はな》すもんかとにぎりしめた。アーメルは作戦を変え、棒を思い切り自分のほうに引っぱった。すると引っぱられたクリストフは足がうき、銃《じゅう》弾《だん》のように宙を飛んでアーメルに激突《げきとつ》した。アーメルは地面にあおむけにたおれた。クリストフはアーメルにおおいかぶさるようにいっしょにたおれ、地面にころげ落ちた。クリストフはまたアーメルにとびかかろうとしたが、なにか変だ。午後のおそい時間で、あたりは静まり返っている。見るとアーメルはぴくりとも動かず、その場にのびていた。

クリストフは恐怖《きょうふ》で息をのみ、アーメルに顔を近づけた。アーメルの頭にはぱっくりと傷口《きずぐち》が開き、血が出ている。クリストフはひざをついて、アーメルの胸《むね》に手をあてた。まだ息はしている。死んではいない。血の出る量は少しずつ減《へ》ってきている。髪《かみ》にはべっとり血がついている。そばにある石にはもっとたくさんの血がついている。アーメルはたおれたときに、この石に頭をぶつけたにちがいない。

クリストフはこわくなった。アーメルを置いて逃《に》げてしまいたかった。ぼくがここにいたなんて、知ってる人はだれもいない。アーメルとけんかしたなんて、だれにも知られてなるものか。どうした、どうした、なにがあったんだなんて、きかれてなんかなるものか。

でも、ぼくが逃げたらアーメルはどうなる？　ひょっとしたら意識《いしき》がもどって、立ち上がり、家に帰ることができるかもしれない。でも、そうでなかったら？　アーメルはけがをしている。助けなきゃ。助けを呼《よ》ぶのはぼくしかいない。こっぴどくしかられることになっても、アーメルを助けなきゃ。

クリストフはポケットから携帯電話《けいたいでんわ》を取り出した。頭がずきずき痛《いた》む。片方《かたほう》の目は開かない。はき気もするしこわいし、まともに考えることができない。

「ひとりで外出するときには家族共有の携帯電話を持っていきなさい、必要なときに助けを呼べるようにね。」とお父さんにいつも言われていた。でも、だれに電話したらいいんだ？　お父さんは携帯電話の電源《でんげん》を切っている。お父さんが留守電《るすでん》をきくのは仕事が終わってからだ。アパートには電話がないから、お母さんには電話できない。ほかにぼくがおぼえているのはコンの家の番号だけだ。クリストフはコンの家に電話をかけた。

「もしもし。」コンの声がした。

「コン、ぼくだよ、クリストフ。」

「いったいどうしたの、その声は！」

クリストフはつばをのんだ。「助けてほしいんだ。」

「いったいどうしたの？」

「アーメルがけがしてる。けんかしちゃったんだ。アーメルがたおれたまま、動かない。ひどいけがなんだ。」

「ちょっと待って。キャサリンを呼《よ》んでくる。」

コンがキャサリンを大きな声で呼《よ》んでいるのがきこえる。ふたりが話し始めた。かん高い、せっぱつまった声で話している。キャサリンが電話口に出た。

「クリストフ、わたしよ。アーメルはけがしてるの？」

「はい。」

「意識《いしき》は？」

「ありません。地面にのびたままなんです。」

「わたしが救急車を呼んであげる。場所はどこ？」

「建設現場《けんせつげんば》。路地の塀《へい》の近く。コンが知っている。来たことがあるから。」

「わかったわ。折り返し電話する。」

電話は切れた。クリストフはしゃがんで待った。アーメルはぴくりとも動かない。クリストフはこわくてたまらなかった。寒気がして、体ががたがたふるえている。アーメルが死ぬほどの大けがをしていたらどうしよう？　ぼくのせいだってみんな思うだろう。でも、けんかを売ってきたのはアーメルだ。ぼくじゃない。たしかにぼくは逃《に》げたいと思った。でも、こんなことになったのはぼくのせいじゃない。そうだろう?

ぼくは悪くないとクリストフは自分に言いきかせようとした。でも、やり返したい、あいつにけがを負わせたいと思ったことも事実だ。毒が入りこんでしまったんだ。ぼくは毒にむしばまれるのを止める努力をしなかった。

ようやく携帯《けいたい》電話が鳴った。クリストフは電話に飛びついた。

「救急車がそちらに向かっています。」女の人の声がした。「いくつかきいてもいいですか?」

女の人はアーメルのことをきいた。どこをけがしているか? 傷《きず》の大きさは? 血は出ているか? クリストフは必死に答えた。でも、体はふるえているし、頭の働きはすっかり止まってしまったみたいだ。女の人と話していると、大きな声で「おーい！」と呼《よ》ぶ声がした。見ると、コンとキャサリンがこちらに走ってくる。そのすぐうしろから救急車をおりた救急隊員が走ってくる。

「だいじょうぶ、クリストフ？」キャサリンがきいた。「さあ、これを着て！」

キャサリンは自分の上着をぬいで、クリストフの体にかけた。この上着のにおいはいったいなに？　そうだ、キャサリンのにおいだ。そう思ったとたんに、クリストフの体のふるえが止まった。

救急隊員たちはアーメルの傷を調べて、頭に包帯をまいた。隊員たちは、まったく動かないアーメルの体の下に担架《たんか》をそっと入れ、アーメルを乗せた。それからでこぼこの建設現場《けんせつげんば》を通って、アーメルを救急車に乗せた。クリストフはコンとキャサリンといっしょにあとに続いた。

「だいじょうぶでしょうか？」クリストフがきいた。

「おそらく。」隊員のひとりが答えた。「見たところ、その石に頭をぶつけたようだね。すぐに救急車を手配したのが幸いしたよ。知らせたのは君かな?」

「はい、ぼくです。」

「どこの病院に行くんですか?」キャサリンがきいた。

「ジョン・カシントン病院だよ。」

キャサリンはクリストフを指さした。「この子のお父さんが働いている病院です。この子のお父さんはお医者さんなんです。」

「ほう? お父さんは息子が私有地に勝手に入ったって知ったらどう思うだろう?」

クリストフは目をふせた。はずかしさで顔がほてってった。

「早く家に帰って、目を手当てしてもらいなさい。」救急隊員はそう言うと、救急車を走らせて去っていった。

キャサリンはクリストフの顔を見て言った。

「ひどい顔。うちまで送ってあげる。」


お母さんのムビカはおろおろしてさけんだ。

「いったいどうしたっていうの？」

「けんかした。」

お母さんはそれ以上なにもきかず、クリストフの顔をきれいにふいて、傷口《きずぐち》にばんそうこうをはった。

「痛《いた》い？」妹のアリーシャがきいた。

「少し。」

「きっとお父さんが治してくれるわ。」アリーシャは自信たっぷりに言った。

お父さんのアンドレが仕事から帰ってきたときには、クリストフはもうベッドに入っていた。お父さんが二階に上がってくる足音がする。クリストフは息をひそめた。お父さんにきょうあったことを全部話さなきゃいけない。きつくしかられるだろうな。情《なさ》けないなあ、なんであんなことしちゃったんだろう。

「けんかをしたそうじゃないか。どら、傷《きず》を見せてごらん。」

お父さんはクリストフのあざの様子を見てから、けんかのことをきいた。クリストフはアーメルから逃《に》げようとして塀《へい》によじのぼり、建設現場《けんせつげんば》に入ったと、つっかえつっかえ話した。お父さんはそこまできくと言った。「考えなしだったな。同じけんかをするなら、近くに人がいるほうが危険は少ない。」

クリストフはうなだれた。「あそこには行ったことがあるんだ。あそこならアーメルから逃《に》げられると思ったんだ。」

「行ったことがある？」お父さんは顔をしかめた。「入っちゃいけないことくらいわかりそうなものじゃないか。私有地なんだから！」

「うん。」

「もう二度と同じことをするんじゃないぞ、いいね？」

「はい。」

「それからどうしたんだ？」

「けんかになった。ぼくは地面にたおれて、棒《ぼう》を拾《ひろ》った。その棒をアーメルがつかんで、ぼくからうばおうとした。ぼくは棒にしがみついたまま、すっ飛んで、アーメルの上に落っこちた。そしたら、アーメルが動かなくなって、頭から血を流してた。助けを呼《よ》ばなきゃと思って、コンに電話した。コンが救急車を呼んでくれて、アーメルはお父さんの病院に運ばれた。」

「ああ、アーメルを治療《ちりょう》したよ。」

「お父さんが？」

「脳外科《のうげか》が専門《せんもん》だからね。お父さんの思ったとおり、アーメルはコンゴ民主共和国からやってきたフツだったよ。おまえたちが救急車を呼《よ》んだのが幸いした。あの場に置き去りにされていたら、もっと大変なことになっていたよ。」

「けがさせるつもりはなかったんだ！」

「なにが言いたいんだ？　だってけんかしてたんだろう？」

「うん。」クリストフはまたうなだれた。「ぼくはアーメルがのびているのを見て、逃《に》げたくなった。」

「おまえをせめているわけじゃないんだ。もし逆《ぎゃく》の立場だったら、アーメルはおまえのために救急車を呼んだだろうか？　お父さんはおまえのことをほこりに思うよ、クリストフ。」

お父さんはクリストフの肩《かた》をだきしめた。クリストフは少し心が軽くなった。

「アーメルはよくなる？」

「ああ。でも、まだ油断《ゆだん》はできない。夜、なにかあれば、病棟《びょうとう》から連絡が来ることになっている。アーメルにはお母さんがつきそっている。さあ、もう寝《ね》なさい。おやすみ、またあした。」

アーメルの話

アーメルは小児病棟《しょうにびょうとう》の個室に入っていた。頭に包帯をまき、体はたくさんの装置《そうち》につながれて、ぴくりとも動かずに横たわっている。お母さんのクワエラは心配で顔をゆがめたまま、アーメルのかたわらにすわっていた。そして、ひと晩《ばん》じゅう、いすにすわって、まんじりともせずに、文字盤《もじばん》が緑色をした時計が時を刻《きざ》むのを見つめていた。

息子をみてくれた医者はフランス語で話してくれた。アーメルの容態《ようだい》が変われば、看護師《かんごし》がすぐに医者に連絡してくれるという。そしたらすぐに飛んでくると医者は言ってくれた。ありがたいことだねえ、こんないい医者にみてもらえるなんて。

明け方近く、静かに眠《ねむ》り続ける息子の顔を見たクワエラは、息子のまぶたがかすかに動いたような気がした。いすをベッドに引きよせて、アーメルの顔をまじまじと見ていると、あ、また動いた。さらにもう一度。消えていた明かりが必死にまた灯ろうとしているみたいだ。クワエラはブザーをおして、看護師《かんごし》を呼《よ》んだ。

「見て、わかりますか、動いてるでしょ？」クワエラはアーメルを指さして、フランス語で言った。

「すぐに先生を呼びます。」看護師がそれに応《おう》じる。

ふたりはたがいに相手の言っていることばはわからなかったが、言おうとしていることは理解《りかい》した。

フランス語を話す医者はすぐにやってきた。医者はアーメルを診察《しんさつ》し、装置

の数値《すうち》を調べると、「アーメルは快方に向かっていますよ。」とクワエラに言った。

「きっとすぐに意識《いしき》をとりもどします。じゅうぶん休ませる必要があります。

お母さんは、なにがあったのかアーメルにあれこれきいてはいけませんよ。」

クワエラはうなずいて、腰《こし》を下ろし、アーメルの意識がもどるのを待った。


クリストフが目をさましたときには、お父さんはもう出かけていた。

「病院から呼《よ》び出されたのよ。」お母さんは言った。「きのう運ばれた少年をみてほしいって。」

お父さんはクリストフがフツの少年とけんかしたことをお母さんには内緒《ないしょ》にしているんだ。だから、お母さんは知らないんだ、入院しているのがアーメルだってこと。でも、心配だなあ。お父さんはどうして病院に呼ばれたんだろう？

アーメルはよくなっているんだろうか？　クリストフはお母さんにうそをつい

ているようで良心がとがめた。でも、どうしてもお母さんにほんとうのことを言う勇気が出ない。

「朝ごはん、あまり食べてないじゃない？」

「おなかすいてない。」

「目の具合はどう？」

「うん、だいじょうぶ。片目《かため》は見えるから。」

「そうね。」

クリストフは家にだけはいたくなかった。お母さんになにやかやとしつこくきかれるのは絶対《ぜったい》にいやだ。ほんとうのことを言う勇気がないんだもの。

クリストフが学校に着くと、光に吸《す》いよせられるガみたいに子どもたちが近づいてきて、クリストフのなぐられてはれあがった顔をじっと見つめた。

「アーメルはきょう学校に来てないよ。アーメルにやられたんでしょ？」

「さあ。」

みんなはコンのほうを見た。「アーメルにやられたの?」

コンは肩《かた》をすくめた。

クリストフは考えまいとした。でも、アーメルのことが頭から離《はな》れない。

あ~あ、出かけたりしないで一日じゅう家にいればよかったな。

アーメルの意識《いしき》がもどり、体につけられていた装置《そうち》がとりはずされた。頭にはまだ包帯がまかれている。アーメルはベッドに横たわったまま、イニェンジとのけんかのことを思い出していた。いったいなにがどうなったっていうんだ? そうだ、あいつはきっときたない手を使ったにちがいない。イニェンジのすることだ、ほかには考えられない。

イニェンジはおれから逃《に》げようと、塀《へい》によじのぼった。おれがあとを追った。

そのあとの記憶《きおく》がない。おれは勝ちそうだった。それはまちがいない。なのに
どうして、このおれが頭にけがをして病院にいるんだ。手の関節がはれていて
痛《いた》い。ということは、おれのパンチはまちがいなく何度も相手をとらえたんだ。
ゴキブリとけんかしたなんて、母さんには内緒《ないしょ》にしておかないと大変なことに
なる。退院したら、絶対《ぜったい》決着をつけてやる。
クワエラは医者との約束を守り、アーメルになにがあったかきくことはな
かった。

「検査《けんさ》の結果、異常はありませんでした。」医者がクワエラに言った。「このま
まいけば、まもなく退院できるでしょう。」
「ああ、よかった。」
「息子さんの友だちがすぐに救急車を呼《よ》ばなかったら、こうはいかなかったか

もしれませんよ。」

「お友だちに感謝《かんしゃ》しなければ！」クワエラの目から涙《なみだ》があふれた。

医者の口もとがぴくりと動いた。だが、クワエラはそれに気づくことはなかった。

「あした、また診察《しんさつ》に来ますよ。ゆっくり休むんだよ、アーメル。」


「アーメルの具合はどう？」

クリストフはその夜、お父さんにきいた。

「順調に回復《かいふく》しているよ。」

「それはよかった。」お母さんが言った。

クリストフはびっくりしてお母さんを見た。

「お父さんにきいたんだ！」

「そうよ、あたりまえじゃない！　お母さんにも話してくれればよかったのに。どうして話してくれなかったの？」

「怒《おこ》られると思ったから。」クリストフのほおは燃えるように熱かった。

「ええ、たしかに。でも、今はもう怒ってないわ。」

翌日《よくじつ》、アンドレがアーメルのもとに行くと、クワエラはいなかった。アーメルは医者が来たことにも気づかずにぐっすり眠《ねむ》っていた。目を閉《と》じたその顔に、にくしみの色はない。この子はまだ幼《おさな》く無邪気《むじゃき》な少年のようだ。同級生のひとりを殺してしまいたいと思うほどにくんでいるようには見えない。

この子は息子を殺そうとした。それなのにわたしはこの子を治療《ちりょう》し、もとの世界に送り返そうとしている。また同じことをする可能性《かのうせい》もあるというのに。わたしはフツに息子をひとり殺された。残ったもうひとりの息子まで失いたくはない。この子の傷《きず》はよくなっているが、心の傷はどうだ？　どうしてこんな子どもが人を殺したいと思うほどのにくしみをいだいてしまうのか？　過去《かこ》の毒のなせるわざだ。にくしみの連鎖《れんさ》が断《た》ち切《き》れないのだ。なにかこのわたしにできることはないだろうか。

アンドレの心は重く沈《しず》んでいた。いったいどうしたらいいんだ。アンドレが思案にくれながら立ちすくんでいると、アーメルの体がかすかに動き、アーメルが目をさました。

アーメルが目をさますと、ベッドのわきに男の人が立っている。アーメルはぞっとした。母さんはいない。病室は静まり返っている。ぼくはひとりぼっちだ。なにがあってもどうすることもできない。

「こわがらなくていいんだよ。」男の人が言った。「わたしは医者だ。」

「フランス語が話せるんですか？」

「わたしは君と同じ国の出身なんだ。検査《けんさ》の結果、特に悪いところはなかったと知らせにきたんだ。あした、退院していいよ。でも、その前に君に話しておきたいことがあるんだ。」

アーメルは医者の目をじっと見つめた。医者の目はやさしさに満ちている。

いや、それ以上にぼくのことを理解《りかい》しようとしている。

「わたしはフツなんだ。」医者は静かに言った。

「え、ほんとですか？　だったらきっとわかってもらえる！」

「そうだとうれしいよ。」

「おれは学校でイニェンジのとなりにすわらされたんだ！」

アーメルの心ににくしみがこみ上げてきた。

「それがどういうことかわかってもらえるでしょ？　おれは学校を抜《ぬ》け出《だ》した。でも、また連れもどされた。おれは席をかえてもらった。なんとかあいつを見ないようにしたけど、それでもあいつはそこにいるんだ！　あいつがいるって考えるだけでむかついてくる。わかるでしょ？」

アンドレは口をつぐんだままうなずいた。

アーメルはにくしみをぐっとこらえて、アンドレに両手を差し出し、「でも、心配しないでください。」と言った。「ぶんなぐってやったから！　おれは絶対《ぜったい》あいつを許《ゆる》さないと心に決めて、機会をうかがっていた。そして、ようやくその機会をつかんだんだ。おれの両手を見てくれ、おれのパンチはあいつにちゃんとあたったんだ！　なぐり合いになって、おれが勝ちそうだった。なのに、目がさめたらこんなところにいる。しかも頭にけがなんかして。いったいどうなってるんだ。おれはあいつをぶちのめす、今に見てろよ！　おれは絶対許さない！」

「許さないって、なにを？」

「なにって……やつらのしたことさ。」それだけ言うのがやっとだった。折り重なって死んでいた人たちのことが目にうかぶ。アーメルはがたがたふるえ出した。「あいつもゴキブリですよね？」

医者がアーメルの手をにぎった。

「なにがあったのか話してきかせてくれないか?」

医者の声がきこえる。でも、アーメルの体のふるえは止まらない。

おれとローレント兄さんが森から出てくると、やつらがまた村に来たあとで……。

「少しずつでいいんだよ。」医者はおだやかな口調《くちょう》で言った。

「父さんはやつらに殺された。」涙《なみだ》がアーメルのほおを伝った。「妹たちも。母さんは死なずにすんだ。でも、けがをした。おれは母さんも死んでしまったと思った。」

医者はアーメルの手をやさしくにぎりしめて言った。「いったいだれに殺されたんだい?」医者の声がきこえる。

「イニェンジに。やつらは二回来たんだ。」

「二回？」

「最初は雨季《うき》になる前。二回目は雨季の少しあと。」鳥かごの中で鳥が外に出たがってでもいるように、前よりすらすらことばが出てくる。「最初に来たときにはさけび声がきこえたんで、みんなで走って森に逃《に》げた。妹も母さんもおびえていた。食べるものも水もなかった。翌朝《よくあさ》もどってみると、ヤギがぬすまれていた。やつらはほしいものをかたっぱしからぬすんでいった。あちこちに死体がころがっていた。」

怒《いか》りがこみあげてくる。アーメルは息が止まりそうになって、せきをひとつした。父さんったら、母さんや妹には死体に近よるなって言うくせに、おれには穴《あな》ほりを手伝わせた。

「おれは穴をほって死体をうめた。」アーメルは得意だった。「おれはもうガキじゃないんだ！」

医者の目は涙《なみだ》でうるんでいた。医者は恐怖《きょうふ》と悲しみのまじり合った目をしていた。そして、その目が、やはり恐怖と悲しみのまじったアーメルの目と合った。アーメルは思った。おれは、この人にならいいたいことがなんでも言える。この医者ならおれの言うことをちゃんときいてくれる。それだけじゃない、おれのことをわかってくれる。アーメルの心に、忘《わす》れよう忘れようとしてきたつらい過去《かこ》の記憶《きおく》がよみがえってきた。するとまた体がふるえ出した。

「それから？」医者は静かにきいた。その手はまだアーメルの手をにぎっている。

「やつらがもどってきた。」声がふるえた。「なんの前ぶれもなく。ローレント兄さんとおれは森のそばで穴《あな》をほっていた。おれたちは走って森に逃《に》げた。でも、ほかの家族は逃げられなかった。翌日《よくじつ》もどってみると、みんな折り重なってたおれていた。」

涙が次から次へとアーメルのほおを伝った。医者は手をのばして、アーメルのほおをぬぐった。

「おれたちは……兄さんとおれは穴をほった。母さんはまだ生きていた。兄さんが言うんだ、母さんを白人のところへ連れていけって。」

「近くなの？」

「歩いて六日かかるところ。でも、六日じゃ着かなかった。母さんを背負《せお》って行かなきゃならなかったから。母さんは歩けなかったんだ。

夜は最悪だった。母さんには熱があって、痛《いた》みもあった。母さんはうわごとを言っていた。母さんは死んじゃうんだっておれは思った。でも、白人が治《ち》療《りょう》してくれたおかげで、よくなった。白人の肌《はだ》ってあんまり白いんで、はじめはどぎまぎしたけど、白人は親切だった。だから信頼《しんらい》できると思った。白人たちが母さんを病院に連れていってくれたので、おれもついて行った。それからおれと母さんは白人の手助けでイギリスに来ることができた。」

「お兄さんは今どこにいるの？」

「ローレント兄さんはイニェンジと戦ってる。」アーメルは得意だった。「兄さんは必ずやつらに仕返しをしてくれる。おれも自分の戦いに決着をつける。退院したらね。でも、いったいどうしておれはこんなところにいるんだ。あいつに一発やられたにちがいない。きっとそうだ。あいつはおれを殺したかったんだ。」

「じゃあ、なぜ救急車を呼《よ》んだんだろう？」医者がたずねた。

「救急車を呼んだ？」

「君はイニェンジとやらとけんかしていた。君はたおれて、頭を石にぶつけ、気を失った。君の言う……イニェンジは……君の話とは裏腹《うらはら》に、君の息の根を止めようとはしなかった。逃《に》げもしなかった。その子はあざをつくり、血を流していた。でも、動かなくなった君のすがたを見てびっくりした。それでどうしたと思う？　友だちに電話して、救急車を呼んでくれってたのんだんだ。」

病室は静まりかえった。静けさを破《やぶ》るのは、廊下《ろうか》を行き来する人のこつこつという足音だけだ。アーメルは医者の言っていることがのみこめなかった。イニェンジが救急車を呼んだ？　そんなはずはない。イニェンジがそんなことをするわけがない。

医者はハンカチを取り出して、額《ひたい》の汗をぬぐった。「君はルワンダでなにがあったか知っているかい？」

「あたりまえじゃないか！　フツはツチのゴキブリどもをやっつけるために全力で戦った。でも、全滅《ぜんめつ》させることはできなかった。だから、おれたちは逃《に》げ出すしかなかったんだ。全滅させることさえできていたら、なにもかもうまくいったのに。」

「もうひとつきいてほしいことがあるんだ。君がゴキブリと呼《よ》んでいる子、君のけんかの相手はルワンダから来たんだ。その子は弟をフツに殺された。君は頭を石にぶつけて動けなくなっていたから、その子は君の息の根を止めることもできただろう。それなのにどうしてそうしなかったんだろう。どうして救急車を呼んだんだろう？」

アーメルはゆっくり首をふった。

「わからない？　わたしもわからない。もうひとつ、話してもいいかな？　きけば君はびっくりすると思うが。」

いったいなにを言われるんだろう？

「クリストフはフツなんだ、君と同じなんだ。」

アーメルはびっくりして、思わず、「うそだ！」とさけんだ。

「クリストフの父親はフツで母親はツチ。」

「そんなのうそだ、先生はうそを言ってるんだ！」

「うそじゃないよ。クリストフはわたしの息子なんだから。わたしは息子をほこりに思っている。さあ、わたしは行くとしよう。考える時間はたっぷりあるよ、アーメル。あしたもう一度診察《しんさつ》に来るからね。そしたら退院だ。」

アーメルはまくらに頭をうずめ、目を閉《と》じた。

アーメルの出した答え

「アーメルの具合は？」学校からの帰り道、コンがきいた。

「ずいぶんよくなった。救急車を早く呼《よ》んだのがよかったってお父さんが言っていた。そうでなかったら、アーメルは命を落としていたかもしれないって。」

お父さんがはっきりそう言ったわけではないけど、そういう意味のことを言ったとクリストフは思っている。

「ひぇーっ！」

「ぼく、ほんとは逃《に》げちゃいたかったんだ。でも、逃げなかった。」

クリストフはほこらしかった。

「逃げられっこないだろ!」コンはおどろいたように言った。

「うん。」でも、逃げようと思えば簡単《かんたん》に逃げられたかもしれない。

「ねえ、アーメルのことだけどさ。」

「うん、なに?」

「ツチに家族を殺されたんだ。お父さんが言ってた。」

コンは目を見開いた。「なんで?」

「ルワンダでフツがひどいことをした仕返しだよ。でも、このことは絶対内緒《ぜったいないしょ》にして。学校でほかの子に言ったりしないで。約束だよ!」

「うん。」

「アーメルにはお母さんしか家族がいなくなっちゃったんだ。」

ふたりはコンの家の前まで来た。「よっていく?」コンがきいた。

クリストフはうなずいて、目に手をあててみた。前よりずっとよくなっているけど、まだ少し痛《いた》い。キャサリンに会えるかな？　けんかの時に会ったのが最後だな。クリストフがそんなことを思っていると、キャサリンがドアを開けた。キャサリンはにこにこしている。「まあ、だれかと思ったらクリストフじゃないの！　さあ、入って！　目はずいぶんよくなったみたいね！」

「はい。」クリストフはキャサリンに目のことを言われて、うれしいようなはずかしいような気持ちになった。

「母は弟たちを予防注射《よぼうちゅうしゃ》に連れていってるの。お茶をいれるわ。ソーダパンもあるのよ。」

「ソーダパンって？」

「アイルランド人がよく食べるパンのことよ。イーストを入れないで重曹《じゅうそう》を入れて焼くパンのことよ。」

コンとクリストフは、靴《くつ》やマフラー、コートかけから落っこちた上着がこんもりと山をなしている上に学校のカバンを放り投げ、キャサリンについて台所に入った。

「わたしがお茶の用意をしているあいだ、その後どうなったか話してくれない？　そもそもなんであんなことになったの？」キャサリンはやかんを火にかけながら言った。「コンがね、フーツーがどうの、ツーツーがどうのって話してくれたんだけど、ツーツーって合ってる？」

「ツチです。」

クリストフはキャサリンにきかれてどきどきした。

「フーツーがツチを殺し始めたんでしょ？　クリストフの弟さんはフーツーに殺されて、あなたたち家族は逃《に》げてきたのよね？　クリストフはフーツーだけど、見た目はツチなのね？」

「はい。」

「アーメルはたったそれだけのことでクリストフを殺そうとしたの？　もういい加減《かげん》にやめたらどうなの？　ばかげたことは。」キャサリンはいらだちをかくさなかった。「うちの父は爆弾《ばくだん》で吹《ふ》き飛ばされた。父の兄弟もふたり殺された。母の両親も妹もその赤ん坊《あかんぼう》も殺された。だからわたしたちは海をわたってイギリスにやってきた。もうたくさん。復讐《ふくしゅう》なんかしちゃだめよ。復讐なんかしたら、体に毒がまわるだけ。」

「毒がまわる？　ぼくのお父さんも同じことを言いました。過去《かこ》の毒には気をつけろって。」

「クリストフのお父さんの言うとおりよ。さあ、お茶をどうぞ、クリストフ。けんかはやめて仲よく生きよ、わたしはそう言いたいわ。」

クリストフは家に帰る道すがら、お父さんに言われたことを考えていた。コンゴ民主共和国でも争いがあった。それでアーメルはお母さんとイギリスに逃《に》

げてきた。クリストフと両親も同じだ。アーメルは過去《かこ》に経験《けいけん》したことをいつかクリストフに話してくれるだろうとお父さんは言った。でも、アーメルは話したくないかもしれないな。

クリストフはアーメルに同情《どうじょう》した。ぼくたちはふたりともフツだ。それなのにおたがいに相手をやっつけてしまいたいと思った。ほんとうにそんなことになっていたらどうだったろう。もしだれかを殺してしまったら、いったいどんな気持ちになるだろう。

クリストフはもう少しでそうなりそうだったことに気づいて、ぞっとした。

数日後、クリストフはコンのあとについて教室に入り、自分の席についた。もうすぐ歴史の授業《じゅぎょう》が始まる。クリストフは歴史の教科書を出そうとリュックサックをまさぐった。

コンがクリストフをひじでつつき、小声で言った。「見て見て！」見るとアーメルが席についていて、教科書を出している。クリストフは急に不安になった。とうとうアーメルがまた学校にもどってきた。頭のうしろに傷《きず》あとが真一文字についている。アーメルがこっちを向いてくれないかな！　でも、もう授業が始まる。クリストフはナギ先生の顔を見つめた。

「アーメルはまだ君のことをきらっていると思う？」コンが小声できいた。

「おしゃべりはやめなさい！」ナギ先生が注意した。

クリストフは授業に集中しようとした。でも、なかなか集中できない。歴史の授業は終わったが、休み時間なしですぐに次の授業が始まるため、席を立つ子はいない。アーメルはとなりの子と話をしていたが、顔は見えない。

ようやく休み時間になった。クリストフは半分だけ腰をうかせた。立ってアーメルのところへ行きたかった。でも、ためらいもあった。クリストフとアーメルのあいだには机《つくえ》がいくつもあり、子どもたちが笑ったり、からかい合ったり、教科書を片《かた》づけたりしている。

そのときだった。アーメルが立ち上がり、くるりとふりむいてクリストフを見ると、はずかしそうにほほえんだ。

訳者《やくしゃ》あとがき

『君の話をきかせてアーメル』は、『お話きかせてクリストフ』の続編《ぞくへん》として書かれました。クリストフがイギリスにわたってから四年後という設定《せってい》になっています。本文の記述《きじゅつ》から、クリストフがイギリスにわたったのが虐殺《ぎゃくさつ》のあった二年後の一九九六年、アーメルがイギリスにわたったのが二〇〇〇年ごろと考えられます。クリストフは十二歳《さい》か十三歳になっているはずです。

ルワンダはベルギーなどヨーロッパ諸国《しょこく》の植民地だったころ、支配者の都合《つごう》で牧畜民系《ぼくちくみんけい》のツチと農耕民系《のうこうみんけい》のフツに分けられ分割統治《ぶんかつとうち》されていました。ツチのほうがヨーロッパ人に近い外見をしているという理由で、ツチが優遇《ゆうぐう》されました。数でまさるフツはおもしろくありません。ツチとフツは次第に対立を深めます。一九六二年、ベルギーから独立すると、フツが政権《せいけん》を奪《うば》います。そのとき、多くのツチがザイール（現在のコンゴ民主共和国）やウガンダなどの近隣諸国《きんりんしょこく》に脱《だっ》出《しゅつ》します。一九九四年四月、フツ系の大統領《だいとうりょう》が乗ったヘリコプターが墜落《ついらく》し、大統領が死亡すると、ルワンダ政府とフツ過激派《かげきは》はツチのしわざだとして、ツチや穏健派《おんけんは》のフツを襲《おそ》い、ついには虐殺に至ります。国連軍やベルギー軍もルワンダに駐留《ちゅうりゅう》していましたが、有効な手を打つことができなかったり、撤退《てったい》したりしたため、虐殺を止めることができませんでした。ルワンダ愛国戦線（かつてウガンダにのがれたツチ系難民《なんみん》が一九八七年に結成した）が一九九四年七月にルワンダ全土を掌握《しょうあく》して、虐殺は終わります。しかし、それによって、さらなる問題が生まれました。

フツによる虐殺に怒っていたツチが、憎《にく》しみに燃えてフツを殺害し始めたのです。ツチをおそれて、今度は一般市民のフツも、虐殺を行った過激派のフツも周辺諸国にのがれました。大量のフツが流入したのが隣国《りんごく》のザイールでした。

ザイールは以前からツチの難民を受け入れていましたが、新たにフツの難民も受け入れることになりました。虐殺を行ったフツ過激派の難民は、難民キャンプでツチの難民を殺したり、ルワンダのツチ政府を倒す計画を立てたりしていました。ルワンダ政府は、ザイールの政権がこうしたフツ過激派をおさえるどころか、支援まで行っていたとして、ザイールに攻めこみました。ウガンダやアンゴラなど周辺諸国も戦争に加わり、大きな戦争（第一次コンゴ戦争とよばれる）に発展しました。一九九七年、ザイールの反政府勢力《せいりょく》がルワンダやウガンダの支持を得て首都を制圧し、戦争が終わると、ザイールはコンゴ民主共和国として生まれ変わりました。

戦争でいちばん大きな被害《ひがい》をこうむるのは、武器を持たない一般《いっぱん》市民、特に女性や子どもたちです。働き手である父親を失った家庭はすぐに収入の道を絶《た》たれ、貧困《ひんこん》にあえぐことになります。子どもたちの教育も大きな問題です。ルワンダでは、もともと学校の数があまり多くなかったのに、内戦でその学校が破壊《はかい》されたため、多くの子どもたちが教育の機会を奪われました。

『お話きかせてクリストフ』にも『君の話をきかせてアーメル』にも、難民ということばが出てきます。難民とは、人種や宗教、国籍、政治的な意見、特定の社会的集団の構成員《こうせいいん》であることなどを理由に迫害《はくがい》を受けたり、迫害を受ける恐れがあったりするために国をのがれ、他国に保護《ほご》を求めている人たちのことをいいます。最近ではシリアの内戦で、多くのシリア人が祖国《そこく》を脱出《だっしゅつ》してヨーロッパ諸国《しょこく》にのがれています。小さな船で荒《あ》れる冷たい海にこぎだし、その船が沈没《ちんぼつ》して子どもをふくむ大勢《おおぜい》の人たちが命を落としています。大陸に着いても、列車に乗ったり歩いたりしてめざす国に向かわなければなりません。ときには千キロ、二千キロと移動しなければならず、とちゅうで力つきる人たちもいます。

日本にはそうした難民《なんみん》はいないのでしょうか。ベトナム戦争（一九六〇―一九七五）の時代に、多くのベトナム人が日本にのがれてきたことがありました。「難民を助ける会」という市民団体が組織され、ベトナム難民が日本の社会にとけこめるように支援《しえん》を続けました。わたしの勤務《きんむ》する高校にもベトナム難民の少女が入学してきたことがあります。とても勤勉《きんべん》な子で、日本語を猛《もう》勉強《べんきょう》し、日本人の子どもたちと同様に日本語で受験し合格しました。高校卒業後、医科大学に入り、今は小児科《しょうにか》医として日本の医療《いりょう》に貢献《こうけん》しています。

しかし、日本が多くの難民を受け入れたのは、そのときが最後だったといわれています。先日、一家で難民申請《しんせい》をしているクルド人の若者のことがテレビで取り上げられていました。何千人ものクルド人が日本で難民認定申請《にんていしんせい》をしていますが、難民として認《みと》められ、日本に定住できる人は毎年わずか数十人しかいないそうです。

ヨーロッパの国々は今、多くの難民を受け入れることで難しい問題に直面しています。国によって難民に対する考え方がちがっているのです。難民を手厚く保護《ほご》する国もあれば、国境を封《ふう》鎖《さ》して難民を受け入れまいとしている国もあります。難民に寛大《かんだい》だとされる国の中でも国民の意見はさまざまで、ときに衝突《しょうとつ》も起こっています。多くのルワンダ難民を受け入れたコンゴ民主共和国が、戦争状態《じょうたい》におちいったときのことを思い出さずにはいられません。難民を生まないことがいちばんの解決策ですが、そのためにはいったいどうしたらいいのか、国際社会は大きな課題をつきつけられています。

平和を望まない人はいないのに、地球上で戦いがまったくない日は一日としてありません。国と国との戦争もあれば、同じ国の人同士が戦っている内戦もあります。やられたらやり返す、武器には武器で応じる、そんなことが続くかぎり、憎《にく》しみの連鎖《れんさ》が断ち切られることはありません。このお話の中でも、アーメルとクリストフはたがいに憎しみ合ってなぐり合いになりました。

クリストフは動かなくなったアーメルを見殺しにすることもできましたが、助けを求める道を選びました。クリストフのお父さんは、自分の息子を殺すかもしれないアーメルを誠心誠意《せいしんせいい》治療《ちりょう》し、アーメルの話をじっくりききき、真実を静かに語ります。アーメルは真実を知って驚きますが、再び登校するまでに自分のとるべき道を考えます。

『君の話をきかせてアーメル』には、人と人、国と国が争いを回避《かいひ》したりやめたりするためのヒントが書かれていると思います。わたしはこの本を、これから平和な世界をつくっていこうとする子どもたちはもちろん、現在争いをしているおとなや、暴力《ぼうりょく》や武力でものごとを解決しようとしているおとなにもぜひ読んでほしいと思っています。

渋谷　弘子

ニキ・コーンウェル 作者

イギリスのケンブリッジで書店を営む両親のもとに生まれる。高校卒業後、児童養護施設で働いたのち、大学に進学。ソーシャルワーカー、教師として働いたのち作家となる。難民の施設でボランティアの通訳をしているときに、クリストフのような子どもたちに出会う。主な邦訳作品に、『お話きかせてクリストフ』（文研出版）などがある。

渋谷弘子（しぶや・ひろこ） 訳者

東京教育大学文学部卒業。27年間群馬県の県立高校で英語を教えたのち翻訳を学ぶ。主な訳書に『忘れないよリトル・ジョッシュ』『お話きかせてクリストフ』（文研出版）、『フィボナッチ』『ここがわたしのおうちです』『ぼくは牛飼い』（さ・え・ら書房）、『席を立たなかったクローデット』『ジェドおじさんはとこやさん』（汐文社）などがある。群馬県在住。

中山成子（なかやま・しげこ） 画家

茨城県生まれ。御茶の水美術専門学校卒業後、デザインの仕事を経てフリーのイラストレーターとして独立。雑誌や書籍のイラストを描くかたわら、ライフワークとして粘土の立体作品の制作にも取り組み、より自由な表現を追求している。装画作品に『だれにも言えない約束』『お話きかせてクリストフ』（文研出版）などがある。

http://www.beans-e.jp/shige/

〈文研じゅべにーる〉

君の話をきかせてアーメル

作　者　ニキ・コーンウェル
訳　者　渋谷弘子
画　家　中山成子

2016年7月30日　第1刷
2017年3月30日　第2刷
NDC933　A5判　144P　22cm
ISBN978-4-580-82304-4
表紙デザイン　島津デザイン事務所

発行者　佐藤徹哉
発行所　**文研出版**　〒113-0023　東京都文京区向丘2－3－10　☎03-3814-6277
〒543-0052　大阪市天王寺区大道4－3－25　☎06-6779-1531
http://www.shinko-keirin.co.jp/

印刷所　株式会社太洋社　製本所　株式会社太洋社